U0925049

行走中国丛书

主编◎张昌山　耿　昇

边地往事

——触摸普洱老时光

黄　雁　雷杰龙◎编撰

云南出版集团

云南人民出版社

图书在版编目（CIP）数据

边地往事：触摸普洱老时光 / 黄雁，雷杰龙编撰
. -- 昆明：云南人民出版社，2020.5
（行走中国丛书）
ISBN 978-7-222-14477-4

Ⅰ. ①边… Ⅱ. ①黄… ②雷… Ⅲ. ①散文集－中国
－当代 Ⅳ. ①I267

中国版本图书馆CIP数据核字（2020）第010599号

出 品 人：赵石定
责任编辑：苏映华　刘　焰
装帧设计：白　雪
责任校对：毛　雪
责任印制：窦雪松

行走中国丛书
边地往事——触摸普洱老时光
黄　雁　雷杰龙　编撰

出版　云南出版集团　云南人民出版社
发行　云南人民出版社
社址　昆明市环城西路609号
邮编　650034
网址　www.ynpph.com.cn
E-mail　ynrms@sina.com
开本　787mm×1092mm　1/16
印张　12.75
字数　178千
版次　2020年5月第1版第1次印刷
印刷　云南出版印刷集团有限责任公司
　　　云南新华印刷一厂
书号　ISBN 978-7-222-14477-4
定价　39.00元

如需购买图书、反馈意见，请与我社联系
总编室：0871-64109126　发行部：0871-64108507
审校部：0871-64164626　印制部：0871-64191534

云南人民出版社微信公众号

总 序

张昌山

从黑格尔以来，传统中国长期被欧洲中心主义者视为一个“停滞的帝国”。这一观念出现几十年之后，国人终于认识到，中国正面临着前所未有的深刻变革。清同治十一年（1872 年），李鸿章在《复议制造轮船未可裁撤折》中说：“臣窃惟欧洲诸国，百十年来，由印度而南洋，由南洋而中国，闯入边界腹地，凡前史所未载，亘古所未通，无不款关而求互市。我皇上如天之度，概与立约通商，以牢笼之，合地球东西南朔九万里之遥，胥聚于中国，此三千余年一大变局也。”光绪元年（1875 年），李氏又在《因台湾事变筹画海防折》中说：“历代备边，多在西北。其强弱之势，主客之形，皆适相埒，且犹有中外界限。今则东南海疆万余里，各国通商传教，来往自如，麇集京师及各省腹地，阳托和好之名，阴怀吞噬之计，一国生事，数国构煽，实为数千年未有之变局。”李鸿章对世界和中国的这种认识还在多个场合说过。当时的中国，一下子从“普天之下，莫非王土；率土之滨，莫非王臣”的天下，迅速跌进五大洋、四大洲之中的世界，甚至只是亚洲东部一个落后的大国。

这数千年未有的大变局，就是以工业革命为主导的近代化及现代化，而中国从传统社会向现代社会转型的这一近代化及现代化过程，至今仍在进行之中。

百年间，一些中外人士行走在中国这片古老而又在变动的土地上。行走者中，既有外国的传教士、外交官、探险家，更有中国的文人、学者、科学家、商人、军人，甚至有家庭妇女。他们的游记、札记、考察报告、探险实录等，见证并记录了其自身行走的经历和中国近代化及现代化的过程。当时写下这些文字的人虽身份各异、目的不同，但每一部作品记录的都是作者个人的观察与体验，也记载了他们的所思所想和个性特征。

而不同的作品拼合起来，则在横向空间上似画卷一般展现了中国各地的风土人情和社会面貌，而在纵向的时间上则有如电影一样显示了中国在不同历史时期社会变迁的细节与大势。在他们笔下，中国不再是故纸堆中的陈旧记忆，而是活生生展开的现实景象。

把历史还原到现场和实际生活，这大概是每一个想了解历史的人的最大愿望。我们从这些作者在中国的行走、体验之中看到了一种活态的中国历史，它们明显区别于以往的正史和官方档案之类的文献资料所记录的静态中国历史，而且，人生的丰富性、视角的差异性及社会的多元性，也尽在其中了。

德国学者赫尔德所倡导的“同情之理解”，作为一种历史研究方法，在中国学者中以陈寅恪等用得最深也最好。如今，我们把这些中外作者的各类作品作为历史文本来阅读、感受和研究，通过这些文本去体验他们在这片土地上的行走、见闻与思考，这也是一种“同情之理解”的实践。今天的人们可以从中感受这些作者所体验的中国社会，从而更具体、更深刻地观察了解中国近代化及现代化进程的艰辛与经验。

将中国放在整个世界大格局中来看，这一百多年的历史，大致就是摇摇晃晃、步履蹒跚地走向世界和走向现代的过程。鉴往才能识今和知来，但由于过去的观念、方法、习惯和经验等因素，有意无意地遮蔽和塑造了我们对于这段历史的认识与解释，因此，云南人民出版社推出的这套“行走中国”大型丛书，是在回头观看百年中国之动静，是在体会“我看人看我”的经验，其实质则是向前进，走向永恒的未来。

青山遮不住，毕竟东流去。历史的洪流和时代的浪潮虽然可能会被拖延，却不可能永远被遮挡。司马相如曾说：“盖世必有非常之人，然后有非常之事；有非常之事，然后有非常之功。非常者，固常人之所异也。”李鸿章有言：“处数千年未有之奇局，自应建数千年未有之奇业。”这两句话的时间相差2000年，表达的却是同一种心声，谨抄录于此，作为我们对国家和时代的期许。

是为序。

2015年5月

序言　走进普洱老时光

饶明勇

时间，只有经过沉淀才能显示出美丽的光泽。经过沉淀的时间是一种记忆。而记忆，是一种过往的老时光，它具有穿透力，能够照亮眼前的事物，让眼前的一切变得温暖而有历史的纵深感，让我们在其中的存在变得富有意味。正因如此，无论是一个人，还是一个民族，一个地方，都不能让历史和记忆缺席。如果缺席，那就像一个人忘记了自己走过的路，忘记了曾和自己朝夕与共的朋友和亲人，忘记了灵魂中曾经有过的感动和幸福。倘若那样，存在的一切就失去了时间的秩序，显得一片混乱，形同虚设，一个人就会失魂落魄，迈出的脚步就会凌乱而飘忽，生命就会变得简单粗糙而毫无意义。所以，无论是一个人，还是一个民族，一个地方，历史和记忆的重要性都是不言而喻的，正是因为记忆，赋予生命和事物以时间的秩序和丰富深刻的含义。

眼前的《边地往事：触摸普洱老时光》就是一本关于普洱边地历史记忆的书。悉心翻阅，不难发现这本书的独特之处：和一般地方志书粗枝大叶的记载不同，这是一本充满鲜活细节，可以方便地触摸到普洱边地往事肌肤和纹理的图书。通过这本图书，读者可以方便地走进一段普洱边地业已消逝的时光。和一般荒诞不经的“穿越”闹剧不同，这种“走进”绝不玄虚，而是一种对过往时光充满温暖的“重温”。这是因为本书主体部分，四位作者，法国人加内和亨利·奥尔良，中国作家姚荷生和马子华，他们的文字，不是虚构和玄想出来的，而是扎扎实实地行走出来的。他们到普洱边地的时候，这里还在工业化的大潮之外，公路和汽车等现代交通工具在这里还没出现，他们抵达普洱大地的每一个地点，都只能通过徒步、骑马和船渡。这种古老的行走方式，让他们以缓慢的方式见证了昔日的普洱时光。这种见证，在今日出行日益方便，一日千里，甚至“一时千里”的后工业化信息时代里，有一种恍若隔世的感觉。正是由于他们行走的缓慢，目击的细致，见证的具体，记录的忠实，以及时光的沉淀，他们记录下的那段时光，反而如打磨过的璞玉，显得更加温润剔透，虽隔着数十年、百年的时光沟壑，却显得毫无阻隔，依旧能让人亲切地进入与触摸。

清同治六年（1867 年）春，法国外交部代表加内先生随法国湄公河考察队进入普洱府，沿景洪、思茅、普洱（今宁洱）、他郎（今墨江）的茶马古道，前往云南府城（今昆明）。加内先生在后来整理的考察报告中对途经的普洱大地进行了忠实的记录，其中的某些文字（如思茅的地理风貌让他想起法国的普罗旺斯）早已耳熟能详，但其记录普洱之行的完整文字，在普洱近年编撰的各种图书中还是第一次得以集中呈现。清光绪二十一年（1895 年）春，法国人亨利·奥尔良考察队从绿春进入勐烈（今江城），到达思茅，再从思茅西行，沿龙潭、六顺，到达今日思茅港镇思茅海关新设立的办事处，渡过澜沧江，进入他笔下的“拉祜人地界”澜沧县，沿澜沧江右岸一路北上，渡过今日澜沧县与双江县交界的小黑江，进入缅宁地区（今临沧市）。虽然亨利·奥尔良由于其殖民思维和欧洲文化中心主义，对途经的普洱大地有偶尔的不恭之语，但和 1867 年行走在从普洱到昆明“官道”上的那支法国考察队相比，他们走过的是澜沧江沿岸河谷地带的村村寨寨和一条条山岭小道，见识了澜沧江中游细小叶脉上的奇特风光，所以，他记录下的文字更加具体、细致而生动，读之更有可触可感的鲜活感觉。姚荷生和马子华先生分别于 1938 年、1944 年冬途经老普洱（当时称为思普地区），他们留下的文字和前两位法国人不同，不是朴实的考察文字，而是稍作变形加工的文学作品。但不难发现，他们那些优美散文中描写的人和事物，都是他们途中的实际见闻，真实不虚。并且，作为同胞，他们对这片大地的美丽和当时正在遭逢的苦难，有一种更加真实动人的诚挚热爱和深沉忧思。

两位法国人和两位中国作家的文字，分别记录了晚清到民国三四十年代的普洱往事，刚好能为读者提供四个普洱过往时光中由近代传统社会走向现代社会过渡转型过程中最有代表性的珍贵文献。在那之后，中华人民共和国成立，普洱大地的历史社会进程掀开了崭新的篇章。回顾那段时光，不难发现，《边地往事：触摸普洱老时光》中行走目击的那段时光，是普洱大地开始现代化之前的境况。那段时光，普洱边地尚未有工业化的染指，大地的一切，保留着原初的状况，这里生存的居民，保留着淳朴的风俗，美得让人心疼。但这样的美，也是脆弱的，因为现代化的缺席，生产力低下、贫穷、疾病、民智未开、政治腐败、政局混乱等问题的肆虐，也在伤害着这片大地上的人们。重温那段美丽而苍凉的时光，不仅是一种心怀惆怅的追忆，也是一种严肃的思索，因为它能提示我们，这里曾经发生的美丽和苦难，在今日实现中国梦的现代化发展大潮中，如何既让这片大地变得更加强壮，又能更多地保留她亘古原在的柔软和美好。

除了四位作者的文字之外，本书的图片也很精彩。路易·德拉波特的铜版画是 1867 年那支法国湄公河考察队留下的，他在考察队中的角色，有点类似今日的摄影记者。而他，也忠实地履行了自己的职责，客观细致地留下了大量纪实图片，其中的 20 余幅，是记录普洱大地的。经过了百余年时光的洗礼，这些图片在今日显得弥足珍贵，是普洱大地上真正“绝版”的画作。这些画作以前散见于媒体，如今在这本书中得到了集中展示。此外，著名历史地理学家周光倬先生 1935 年经过普洱时拍摄的 10 余幅普洱老照片也弥足珍贵，这些照片以前从未见于媒体，在这本书中还是首次亮相。

另外，我们还得感谢本书的编者——作家黄雁先生和雷杰龙先生，他们精心编撰了本书，撰写了精彩的解读文字，为我们走进这段普洱老时光提供了方便的提示。他们的解读，不仅文字精彩，还以认真严肃的态度，梳理了这些文献产生的背景和意义，订正了一些以前关于这些文献的习以为常的错误。比如，1867 年的那支法国考察队中的副队长安邺，以前都说他后来死于1873年的中法战争中，但细心一点就会发现，中法战争发生于1883年末至1885年初，安邺既然死于1873年，怎么可能死于中法战争？在本书的解读文字中，两位作家查阅文献，订正了这个错误，进行了这样准确的表述："安邺，时年27岁，副队长，法国海军中尉，回到法国后著有《柬老考察报告》和《老挝、云南考察报告》，1873年返回越南，在处理法国商人与越南民众之间的冲突中被打死。"又如亨利·奥尔良行走普洱边地的文字，以前习惯的说法认为，他在思茅区与景谷县交界处，从腊撒渡口渡过了小黑江，再往前走，进入了缅宁地区。但仔细阅读考察文字，会发现亨利·奥尔良一行从思茅海关办事处的渡口渡过澜沧江，进入澜沧江右岸的"拉祜人地界"后，一直由澜沧江右岸上行，在渡过小黑江之前，并没有再次渡到左岸的记录。而要经腊撒渡口渡过小黑江，到达对岸的景谷县，必须先渡到左岸。再者，渡过小黑江后，仅一日路程，亨利·奥尔良一行就进入了缅宁地区。对照地图，不难发现，从思茅区与景谷县交界处，到临沧市还有好长一段路程，以当时的交通条件，无论如何，不可能一两日就到达临沧。所以，这种说法显然是错误的。经过梳理，编者在撰写的解读文字中订正，亨利·奥尔良一行，渡过的小黑江是澜沧县与临沧双江县交界处的小黑江，而不是思茅区与景谷县交界处的小黑江。对照考察队记录中经过的澜沧与双江交界附近的佛房等地来看，这个订正是准确的，由以前错误说法而产生的一切问题也就迎刃而解了。虽然，本书编撰的初衷，并不在于历史考据，但这两个例子说明，本书编撰的态度，是很认真的。

近年来，随着建设云南文化大省，发展云南文化产业的推进，各地州市出现了不少解读地方文化的图书，普洱市自然也不例外，一批解读普洱文化的图书相继面世。在这些图书中，《边地往事：触摸普洱老时光》是最新的一本，具有鲜明独特的价值。它收集整理了记录普洱边地最有代表性、最具体、最可触摸和感受的珍贵文献，并对它们进行了细致的现代性解读。这些文献在选择的时间点上，也是别具匠心。它们与今日的距离，不太遥远，因而并不显得生涩；不太切近，因而又有一种略显陌生的距离美感。说得更直接一点，这段时光，刚好是普洱边地开始工业化、现代化之前的一段时光，它既保留着大地原在传统的美感，又隐隐透露出新时代逐渐逼近的曙光。而这段时光，也是有切实文献记载的普洱文化兴起的时光。普洱文化的兴起，以普洱茶的兴起为标志。而传统普洱茶文化的兴起，正是清代中晚期开始到民国年间的事情。近年来，随着百年断代后新的普洱茶文化的振兴，关于普洱边地与普洱茶有关的历史记忆，在文化界早已让人熟知。可是，除了关于茶的事情之外的普洱边地往事，知道的人有多少呢？这可能要打一个大大的问号。而我们不能回避的一个常识就是，普洱边地的事物，绝不是一个简单的“茶”字所能概括的。从晚清到二十世纪三四十年代，那段时光所承载的事物，自然要远比一个“茶”字丰富得多。而眼前这本图书，刚好能为我们提供一个进入那段时光的通道，让我们能够重温和触摸那段时光中远比一个“茶”字要宽广深邃的事物。而这，也是一种对普洱文化的重要发现和构建。因为文化的发现和构建，虽然很复杂，但其基础的含义却也很简单而朴实。那就是，一切文化都构建在历史记忆的基础之上，离开了历史记忆的时间经纬，一切所谓文化的亮丽图景的编织，都成了值得怀疑的事情。从这个角度上说，整理和解读普洱边地的一段历史文献记忆或许只是一种基础性的工作，并没多少创造性可以炫耀，但能有心、用心地把这样的工作做得漂亮，并能对关心普洱文化的人有所帮助，也是一件有意义的事情。虽然有所缺憾，但这本书的出现，还是对普洱文化的建设做了新的工作。

但愿此书在手，开卷有益，那些业已消逝而又从未消逝的边地往事和时光，穿透历史的尘埃，温暖和照亮我们的内心，让我们正在面对的眼前的事物，焕发出更加意味深长、更加崭新和璀璨的光芒！

是为序。

2013 年秋 · 普洱

目　录

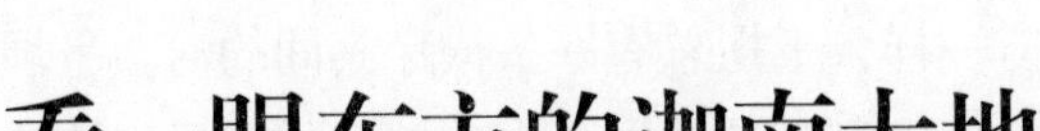

看一眼东方的迦南大地

——法国湄公河考察队《加内报告》中的普洱行

〔法〕加　内

在离开琅勃拉邦5个月、离开西贡16个月后，从这座山顶上，我们看到了一片无尽的平原，在一座小山旁边，坐落着一个真正的城市，红墙、白色山墙和瓦。我们将走进这个世界上最古老，但最不为外界所知的民族之中。我们激动万分，眼里充满热泪。如果我在此次旅行当中有一死的话，我愿死在这里，就像内波山上的摩西，最后看一眼迦南的大地。

1866年6月5日，受法国海洋及殖民部指派，刚在中南半岛一隅站稳脚跟的法属交趾支那总督派遣“法国湄公河考察队”，沿澜沧江—湄公河溯流而上展开考察，目的是要搞清能否打通一条从云南到湄公河入海口的蒸汽船贸易航路。最终经过15个月的长途跋涉后，考察队于1867年10月进入中国，开始了其在中国境内近10个月的考察……

从琅勃拉邦到景洪

第二天起，我们开始爬山。这条路基本上是沿山脊而行，时不时下到谷底，然后又要爬到顶峰。在山里走了很长的路之后，我们终于下到了一个平坝。就像其他地方一样，平坝总有一条横穿其间的河。平坝里的土地都还没有被开垦完，稻田里茸茸的绿色十分养眼。坝子里掩映在大树中的寺庙山墙是白色的，所以很引人注目。坝子里的这条河叫南嘎河，很宽，水流很急。没船，我们只有涉水而过，水很急，足以冲倒我们的一个挑夫。随后，我们朝一座立有金字塔的小山前进，勐笼就位于这座金字塔底下。

我们穿过市场，沿两旁有房舍的街道走进村子的中心。房子很多，说明这是个比较重要的地方。当我们在南嘎河的一条支流上看到一座石桥时，很难用语言形容我们大吃一惊的心情。尽管在吴哥和瓦富，柬埔寨人建造了辉煌的寺庙，但是他们似乎不知道怎样造拱桥。他们只知道怎样采石头。中国人更有技巧一些。这座勐笼的桥是中国人造的，优雅、坚固，桥头边还有一个已倒在一边的雕刻的狮子。拱桥的中心凸起，像是房檐下的装饰。中国人被一点一点地撵走，现在也没办法再维护他们的这个作品，当地人受益很多，但是连把倒下的石头扶起来的本领都没有。除了这座桥和铺设的路面外，勐笼这个地方和老挝其他地方没有什么大的不同。房舍是用同样的材料建造的，服饰也差不多，宽大的裤子，上衣，围包头，在腰间别一把匕首。我们刚到就被好奇的群众围观，小贩们挤着要来卖给我们东西。在人群中，我们见到两个女人，穿着长裙，脚非常小。她们是中国女人，真正的中国人！没有任何可以怀疑的了。摧残过的小脚、石桥——这不就是另外一种文明的迹象吗？我们一定是出了老挝了。维纳斯从水里出现和帕台农从这些竹子里走出来，也不会让我们比见到这座10米长的小桥和这两个可怜的售货女人更为惊讶的了。15个月的长途跋涉，劳累、苦难在一刻间烟消云散。中国！这是我们旅行的目的地，也标志着我们回程的开始。不过，离开

了缅属老挝，我们还不算已经踏入中国的土地。勐笼是景洪王国的十二个勐之一。景洪是第三个以老族为主的王国，不是一个完全独立的国家，有点像景栋和勐勒一样。名义上属于两个国家，但是实际上有比较大的自治权。权力比前面那两个都要大。

村里的头人看上去对我们十分热情，并按拉格利的要求叫人敲鼓为我们召集挑夫。但是正当我们要出发的时候，景洪的国王给勐笼的头人来了一封信，信里只有这样的内容：当欧洲人到达的时候，叫他们原路返回。

这个打击对我们十分沉重。不过我们已习惯了官员们的诡计。只是要多停留一段时间罢了。拉格利派他的翻译先去景洪，我们在勐笼等待。

曼飞龙白塔 / 路易·德拉波特

这幅铜版画展示的是离勐笼村不远处的一座大佛塔，也就是如今西双版纳州勐海县勐龙镇曼飞龙村的曼飞龙白塔。当时的西双版纳属普洱府管辖范围。

这个地方的市场规模可观，有棉布、烟草、粗丝，还有从缅甸来的布料、银器和铜器、钟、秤及其他食品。餐馆里有穿着各种颜色服装的人，吵吵嚷嚷的。人们吃的大米做得像是卷好切好像粉丝一样的食物，老板娘还要加上盐、香料、菜和切得很小块的猪肉，还要加旁边锅里煮的鱼汤，同时当酱油。在老挝，人们独自居住，除了寺庙外见不到其他的集中的地方。

我们看了看勐笼的塔。勐笼有两个塔，其中一个太小不值一提。但是另一个造型独特，好像没有落入老挝建筑的窠臼。先是一圈尖顶圆柱，底部有 8 个小塔，托着供油佛像的神龛。塔位于离村不远的小山上，整体气势十分优雅。我永远搞不懂这些金字塔形的建筑物的含义。因为它们不是谁的坟墓，也不是寺庙。所以没有遗体也没有谁来朝拜（编者注：这就是今日西双版纳州勐海县勐龙镇曼飞龙村的曼飞龙白塔）。

热带雨林中的竹桥 / 路易·德拉波特

普洱、西双版纳等一带盛产巨龙竹，古时当地居民智慧地用这种竹子和藤条，在小河流上搭建起方便往来的竹桥。

湄公河就在景洪城边上，我们最后一次渡过这条河，回到了左岸，自琅勃拉邦之后还是第一次。再走，就是世界上最为险峻和破碎的地理环境了。第一座要爬的山就是喜马拉雅山的一个支脉。当地人很好奇又很怀疑地打量我们。我们只能雇一些病弱者来为我们背行李，他们由于回民起义背井离乡来到这里。沿路的不少村寨里住的都是这些流离失所的人，他们好像不习惯耕种这里陌生的土地。路越来越险，在海拔1200米的高度，仅居住着一些山地人，我们不得不向他们借过夜的地方。他们没有给旅行的人住的房子，所以我们就只有住马厩牛棚，里面臭虫很多。在这些地方，找人背行李不容易，所以好几次，我们不得不找妇女和儿童来帮忙。强壮一点的男人背大箱子，他的妻子用条带子绷在前额上为我们背小包，就像牛一样艰难行进。

一点一点地，老挝的风俗习惯、服饰、建筑特点消失了，语言也发生了变化，逐渐融进另外的语言。在这个中间地带，人们讲的语言既不是汉语，也不是老挝语，而是一种混合语。说到语言，特别是当我们离开琅勃拉邦之后，一层一层地，似乎没有新的语言出现，绝大部分是方言。但是第一层和最后一层之间的差别是巨大的。如果你是一步一步走来的，你的印象就会有所不同。

群山上有不少田地，房舍很小，建造时使用灰沙，不再像老挝那样建的是高脚屋，这里的房子就直接建在地上。门框不大，旁边都有红色的对联，用黑墨水写着中国字，用来驱邪，或者为提醒过路的人而写些孔夫子的语录。村寨往往建在小丘上，风景很好。我们每天都要在某一个村子里歇一歇，这些村子，哪怕很穷，也有桌子和板凳——这在老挝是无法想象的。大街、人群、牲畜都是灰尘满面的，房舍的墙壁用草、泥和牛粪混合后糊成，所以散发着一股难闻的气味。水牛倒是十分自在，躺在泥潭里，看其他的家畜驮运重负而过。它们也有要干重活的时候，比方说，犁地。其他的只是从田里运收获的粮食罢了。

山越来越高，山上密布松树。这种树使景色大变样，也使这个地区变成了世界上最美丽的风景。峡谷里水流湍急，时不时掩映在巨树组成的屏障之后，一片一片荞麦地在阳光下闪烁，像是化不尽的雪地，松林里的气味让人心旷神怡。忘掉了疲劳，我只想登得更高一些，最后看到这个天朝王国在我们脚下。我们快到了，每一步都似乎在证明这一点。路边上有建得很整齐的坟墓，石头砌成的祭坛，到处都是中国字，哪怕是一个岗哨上的士兵，也拖着条经常被描述的辫子。最后，于1867年10月18日，我们离开琅勃拉邦5个月、离开西贡16个月后，从这座山顶上，我们看到了一片无尽的平原，在一座小山旁边，坐落着一座真正的城市，红墙、白色山墙和瓦。我们将走进这个世界上最古老，但是最不为外界所知的民族之中。我们激动万分，眼里充满热泪。如果我在此次旅行当中有一死的话，我愿死在这里，就像内波山上的摩西，最后看一眼迦南的大地。

思茅城的东角／路易·德拉波特

当1867年法国湄公河考察队来到思茅时，杜文秀领导的反清起义早已波及普洱，战火的痕迹随处可见。但在加内的眼中，红墙、白色山墙和瓦的思茅，仍是一座他们进入中国后遇到的第一座真正的城市。

从景洪到昆明

中国，这个词本身就足以让人想起庞大的帝国和悠久的历史。她的存在，永恒不变，风俗习惯照旧。革命、入侵对她无可奈何。看世事变迁，思想改变，但她就像一座巨大的化石一样不为所动。中国文化的网格让聪明的头脑服从于记忆，各种机制管束着每一个人的行为。中国人喜欢西方的科学、生活和艺术，但不谈西方最大的优势。好像上天故意让这个民族从少年就径直过渡到老年。这个民族是大半个亚洲的主人，能够再次组成成吉思汗远征军那样庞大的军队，但是这支军队在几个欧洲兵面前会溃不成军，只知道晃动一些面罩和瞎叫唤。这是一个奇怪的国度，神秘，一方面是伟大，另一方面是怪诞。

去探访这个斯芬克斯之谜，特别是外人罕至之地是我们长久的愿望。我们已经到了中国的边疆，到了从来没有欧洲人来过的地方。我们没有走容易的海路，沿海的中国和欧洲没有什么差别，那里没有什么特点。这里离上海豪华的酒店有 2400 英里，已超出了领事保护的范围。我们抵达的时候，几乎一无所有，连鞋也没有了，衣服也是破破烂烂的。而这个国家即便在打仗的时候也要讲究外表。我们很担心当地官员看不起我们，看我们穿得破烂就蔑视我们。不过我们有清政府发给我们准许通行的签证，这能够保证我们的安全，也能让他们尊敬我们。摄政王签名的信是最好的官服，即便是最讲究排场的中国人也是如此。中国政府并没像人们经常说的那样出尔反尔，我们前两天遇到的麻烦，与其说是当局对我们不友好，还不如说是因为他在这里影响力有限的缘故。现在我们已进入中国天朝最无人知晓的省份——云南省。勐拉又叫思茅，这个地方我们相信，就是英国人想用铁路连接仰光的地方。英国人想因此促进贸易，把中国西部的物产运到英属印度的出海口。

在苏伊士运河、赛尼斯山隧道和越过落基山连接纽约和旧金山铁路之后，还有什么人类不能完成的事情。如果盎格鲁－撒克逊人愿意，一是调用她的资源，二是坚韧不拔，困难是一定会被克服的。但是我认为修这条铁路还需要一段时间。因为除了耗资巨大外，1855年以来中国的回民起义更是一个大的问题，如果起义成功，中国成了一个伊斯兰的国家，那么这条连接云南省和马达班海的铁路就没有什么前途，更没有安全保证。我们刚进入中国，战争的痕迹就随处可见，让我们感到难过。我们在老挝东部就目睹战火的残忍，云南尤为甚之。快到思茅时，被烧掠过的村子就更多了，人民不知去向。

道路两旁是稻田。我们越过一座石桥，这座石桥就像是我们在勐笼见到的那一座。我还记得当时的喜悦。过了石桥，我们进城了。女人们挤在门槛边来看我们，孩子们显然是逃课跑出来的，因为后面跟着拿着教棒的老师，老师的眼镜的镜片很圆。街边告示牌下看告示的人都转过身来看我们。全副武装的仪仗队正候着我们，见到我们就向我们致敬，然后率领我们往前走。我们后面跟着看热闹的人越来越多，最后我看差不多已是全城的人了。我们顺着城墙走，大约10分钟后，往右转，到了一个庙，这就是我们要下榻的地方。院子里挤满了人，士兵们进出都很困难。这座寺院是一个四方形的建筑物，内院是开放的，尽管警察拿着棍子驱赶人群，但没有什么用，最后只有听之任之，提醒我们注意自己的行李。由于长久以来都是在荒郊野外，我一下子见到这么多人，很不习惯，有点头晕。

这时，院子里一阵骚动，人们让开一条路，进来一个官员，他前面有穿红制服的士兵开路。他是专程来欢迎我们的。他戴的帽子帽檐往上卷，顶上有一根绳子和一束丝，还有一颗蓝色的珠宝。他很优雅地招呼我们，说很早就知道我们要来，但是老不见来，都有点担心了。他叫手下人送些肉过来，还问我们需要什么。尽管这个官员在场，群众仍然往里面挤。卫兵忙着用棍棒维持秩序。我们的两个安南兵守着我们的房间。一直到了晚上情况才好一点。我们住的庙只有三面是白色的砖墙，第四面是空的，中间只有几根很漂亮的柱子。我们在柬埔寨和老挝的老朋友——佛陀应该待的地方却换成了两个其他的神像，长长的脸，垂耳，沉思的神态和真诚的表情，大小和真人差不多，另外在顶部似有一

个女神像，坐在云端。

我们要感谢老子，因为我们在中国的第一个夜晚是在道观里度过的。

我们把法国国旗挂在楼梯上，把枪靠在门柱上，把垫子放在地上当床。总之，我们每天的生活，似乎没有使道姑感到不方便，她们每天都要进来跪拜几次。看看油灯，撒点香木渣，磕几个头，还要敲3次铃。另外每个月上一次课，这些就是她们的功课了。道姑活得蛮愉快，喜欢清静，而且还留有后路。例如，她们为自己买了两口棺材，这说明她们的修炼还未到家。在中国，并不是每一个人在生前都能够有钱先买好棺材。棺材很贵，尤其是出自名匠之手。

法国湄公河考察队在思茅给贫苦群众看病行医／路易·德拉波特

行医这种方式，能让考察队迅速博得各地民众的好感。

一天早上，县长派人给拉格利送来他的名片。他在不久前打北京的时候正好在夏奈尔将军手下服役。欧洲应该向中国学习的一点就是集权，在渤海只待过一个月的人，到了远在帝国边缘的云南，也该知道帝国的风土人情。

去会客厅，要先过一个拱门，拱门上有两层顶，旁边还有两个哨位。穿过三个院子我们才见到县官。他头上顶着珊瑚球，但是因为他是一个武官，我们对他的尊敬就少了许多。因为我们知道，在中国，武官的地位是很低的。因为文官，或者一般的老百姓都瞧不起哪怕是很高级别的将军，只是嘴上礼貌不讲罢了。但越是这样，军人就越蛮横，因为在云南这个地方，文官是没有什么用的，就像是一个大学里的教授在一座被围困的城里。县官穿着平常，皮外衣，丝绸长袍，一条很漂亮的辫子。他的脸，眼睛轮廓清楚，长得不是很好看，但是神色和蔼，透着刚毅，他讲话有点端架子，但是反倒没有什么效果。他的话不多，抽烟管，一直很冷淡。当拉格利送他一支左轮手枪后，他突然激动起来，忘记了自己的矜持。他马上想学着开枪，刚一学会，就连开 6 枪，吓得下属把枪从他手中抢过去，否则的话，难说会伤人。会见厅聚集的人越来越多，他们大声说笑，就连县官的话也被打断。

他对我们很好，但是有点怀疑我们的动机。可能是担心我们和回民们有什么联系吧。他说云南西部，也就是湄公河，他称之为九龙江边上的地方都被敌人占领了。拉格利权衡之后对县长说我们将放弃顺湄公河而上的计划，基于两个理由：第一，我们进入一个无政府的国度，土匪横行，如果继续原计划，可能会遭遇不测，而且这也对不起思茅官府对我们的一片好心；第二，为我们在交趾支那的发展计划，拉格利认为探查一下红河是非常有必要的。我们对这条河知之不多，只知道它发源于云南西北部，在东京湾入海，那里很容易插上我们的旗帜。因此，为了红河，我们放弃了湄公河，也就是为了政治放弃了地理考察。

拉格利宣布完我们的决定之后，县长极为满意，于是不再保持外交沉默，变得健谈和坦率起来。他答应派人护送我们，而且催我们尽快动身，因为又要打仗了。

老百姓们在修城墙，在挖壕沟。城墙上，每隔一定的距离，他们就堆放一些石头当武器，每一天，军队都在操练。他们拥有一种大炮，用生铁铸成，要 3 个人操作，一人填火药，一人瞄准，最后一个点火。备战的气味很浓。城墙很坚固，很厚，用砖石垒成。大门是生铁所铸，除非用大炮，否则是攻不破的。县长的衙门就像是打仗时将军的帐篷，传令兵跑出跑进。他自己也忙得不得了，也许是那把左轮枪给了他更多的信心，而且他从缅甸弄到一批欧洲军火，其中有俄国的火枪。

马帮继续运布、柴，特别是米进城，存进仓库，预防可能的围攻。有钱人早已跑掉。一些商贩、小官员和士兵留了下来。还有鞋匠、药铺老板、裁缝、鸦片商，他们正好可以发打仗的财。对我们来讲他们没走是我

思茅宏伟的状元桥和文庙 / 路易·德拉波特

思茅文庙位于今思茅一中内，始建于嘉庆十九年（1814 年），数次被焚后重修于光绪七年（1881 年）。如今思茅文庙古建筑群大部已被拆除，仅存大成殿。路易·德拉波特的这幅铜版画，十分难得地给我们留下了思茅文庙建筑群的宏伟景象。

们的福气。我们自己做鞋，请人用缅甸布来做西服。我们还是想穿自己国家的衣服，留自己国家的发式。中国对此满不在乎，我们出钱就行。

在出发前，我去看了看街上的店铺，我还参观了几个不同的行当，这些是文明的标志，在老挝是没有的。商店的老板会经常邀请我喝杯茶。这相当于在法国邀请别人喝一杯咖啡，这是聊一聊的前奏。来拜访我们的人也很多。我们的翻译不错，他在老挝学到的一些中国话很有用。但是他听了一些谣言，担心我们此行危险太大，就跑掉了。我们原来也没有指望他的胆量，或者事业心，或者他那副女人般的笑容，但是他很灵活，适应性很强，学起新的东西来很快，特别是一些俚语俗语什么的。这是一个很大的好处，他走了之后，我们马上就感到困难。在中国腹地旅行的人都要先找一个翻译，或者至少要有一个词汇本才行。我们却在这个帝国的边缘上，面对这样一个高度文明和要求精确的社会，一句话也听不懂，更别说委婉语、形容词和其他微妙之处了。

拉格利全力投入来克服这个困难，他曾经遇到过这个困难，所以有经验。由于他很有同情心，为年轻人所喜欢。在交趾支那的柬埔寨执政的时候，他周围就都是些年轻人，他们是天主教的学生，后来其中一些成了他的下属，尽心为他效劳。在中国，从第一天起，他就找到一个年轻人，很穷，没有家室，他拜他为师，学中文。由于耐心、热情，师生俩最后终于可以做到彼此理解。在比较困难的情况下，我们还可以请随行的安南人帮忙。在法国人用字母代替象形字之前，安南人在学校都要学习中国字，所以他看得懂绝大多数的中国字。如果一个中国人和安南人在一起，他们沟通有另外一个办法，那就是写下来。对他们来说，象形字来自真实的东西，现在虽然复杂，但是意思是一样的。

在我们启程的前一夜，县长派了个人请队长再留几天。拉格利早已不耐烦了推迟，于是大发脾气。可是对方解释了半天之后，我们才搞清楚，这只是中国人客气的一种表示。对我们离开表示难过，因此要求再住至少一天是一种礼节。不过，如果说官方要求我们推迟出发是一种客气的话，那么老百姓感到有点难过是真的。自从我们到思茅的第一天起，我们所住的道观里就常常挤满了找儒伯医生看病的病人和伤员。我们的好名声到处传播，所以我们走了，当地人是真的感到难过。

我们的挑夫十分可怜，他们是被强迫来为我们服务的。护送队的队长是一个小军官，保养得很好，戴一顶宽边草帽，脚踩在马镫上，马鞍垫得十分厚实，骑在马上活活像一个桑科·潘萨。我们可是骑不起马，只有跟在后面。我们的队伍前几个人打着我们的旗子，后面是士兵，扛着长矛，还有几个斜挎着火枪。扛火枪的几个随时要检查能不能打着火。由于遇到土匪是很可能的事，所以我们自己的手枪也是子弹上了膛的。离开了东门，我们沿着一条顺山的道路前行。这山上修满了坟墓。天空湛蓝，万里无云，连绵起伏的山丘上有一点晒得干枯的植被。红墙或白墙旁有时会有几棵树，很吸引人的眼光。我们恍惚是到了普罗斯旺。

几乎是不知不觉间，我们在一个狭窄的谷地中间看到很多房屋坐落在两边的山坡上。骡马、水声、炊烟、煤味和机器声使我们忘记了伤感。这是一座重获新生的小城。战争光顾过这里，却没有能够摧毁她。当地的老百姓重新站了起来，生命战胜了死亡，从悲惨和绝望中恢复，其中的秘密就是土地里埋藏的盐。敌人拿不走，更摧毁不了。他们把房子烧了，把庙推倒了，但是他们填不完矿井，对煤炭无可奈何，烧不完松林。老百姓继续这项工作，充分利用这里丰富的各种资源。他们的方式不是很完美，但是很管用，也很精巧。矿井斜打进地面 80 米，每隔一段就有一个木架。井口装有一台鼓风机把风鼓进井底。井底的工人，通过一台一台水泵和竹管，把盐水泵上井口的大锅，大锅下是 25 口或者 30 口煮锅，锅下加柴或煤加热。炉口的火焰让我们这些荒凉的野蛮之地的远到者感到兴奋。我们看到用这种蒸煮的办法熬出来的大块盐存在一旁，等待着税官来收税盖章。走完这座建得像是罗马角斗场的小城，就到了一个清静、没有废弃的寺庙。这座庙三面依山，一面傍水，周围是美丽的树，水池里长着荷花，让人赏心悦目。中国的寺庙在欧洲很有名，一点也不像我们在老挝经常住的佛寺。尽管中国的寺庙也很大，但

古道上的磨黑 / 路易·德拉波特

磨黑因出产井盐而闻名而繁盛，解放前更是边疆地区通往省城昆明的十四个重要驿站之一。当时的磨黑，每天都有几十队马帮进出，热闹非凡。

显得不像中南半岛和印度斯坦（今印度和巴基斯坦）的寺庙那样宽敞和庄严。建筑师考虑的是和谐统一，就是通过精美的装饰表达信仰，以及这种信仰所激发的深深的感情。没有条顿（又称哥特式）建筑的那种指向天空的标志，也没有希腊建筑那种表现理想美的线条。中国的寺庙里有一间套一间的厅屋，外面由平台和门廊连接。整个建筑高不了地面很多，像中国传统那样，担心碰着天。中国人最怕的就是不着天地。我们住在这些庙里很愉快。在有旅店住的地方我们也总是怀念这些庙。

我们住过的第二个中国城的名字叫普洱。过了一片松林我们就到了普洱。这片松林被砍得乱七八糟，要不了多久，这个地方的森林都会被砍光掉。普洱的位置没有思茅的好。这座城建在一个谷地里，两边的山看上去像会把它挤垮一样。在山顶上，有一个亭子，还有一座塔。塔一般建在重要的地方，有很深的宗教意义。根据印度的传统，佛陀死的时候，尸体被火化，然后被分成八个部分，放入八个瓮中，埋入八层塔中。因此，在佛教盛行的地方都兴建这样的塔。周围的群山很美，黑白相间的岩石夹杂在绿树当中。普洱也没逃过战火，比思茅还惨，只有一条街道有人居住。居民们在挖一条壕沟，不过好像没再继续挖了。起义的回民已经占过一次普洱城，如果他们取得了全省，那么返回来重占也是很容易的事。

尽管从战争的角度来讲，这座城的位置不是很好，但是它是一个重要的行政中心。大约从200年前开始，它就是一个府的衙门所在地，府尹自然很有派头，他没派任何人来接我们。拉格利对此感到有点吃惊，身上穿各色服装的当地人把我们带到衙门。我们后面跟着人群，但是他们就像在思茅一样被拦在了外面的院子里。会见厅吵嚷声小多了，气氛也就更加庄重。府尹和官员们就像是我们报上的漫画，又矮又胖，半闭着双眼，下巴上留着长胡须。他叫我们尽快离开，赶往云南城，也就是这个省的省会，而且不要穿过临安。他并不理解为什么我们要考察东南地区，而不是径直往北面去。想留在云南的陌生人令人感到怀疑，因为人人只要有机会就会逃跑。事实上，这里的官员很担心自己的安全，他们宁肯在四川当个一般的小官。

在继续往东走之前，拉格利还想最后看一次普洱西边的湄公河。这个想法遭到府尹的反对，说路上要经过回民起义的一个据点。普洱这个地方除了附近产的茶外不再有其他让我们感兴趣的东西了。我们宣布了行期，一切都为我们准备妥当。山路崎岖，雨大路滑。我们路过一个比较大的村寨，这里大量产盐。制盐的方法和中国其他地方差不多，特别是在北方和西方，盐业是重要的税项来源。当地的官员送给我们盐、猪肉、阉鸡和一袋大米。

我们前头永远是又高又荒凉的山。黑乎乎的峡谷和沟壑间有一道道红土，像是一个巨人的肌肉。在海拔1560米的一座山峰上，我们在我们的脚下看到一个深深的河谷，下山的路几乎是垂直的。在两岸白沙之间，我们看到把边江，这条江注入红河，最后注入东京湾。我们至此离开了湄公河流域。

往东走，战争的痕迹少了很多，断垣残壁也少了，种庄稼的地多了起来。村寨越来越多，但是不如想象中的中国村子那样颜色鲜艳。这里的人还都是山民，他们的服饰和外表让人想起老挝北部的居民。云南人分支很多，相互之间有明显的差别，差别之多很难让外人分析清楚。云南是中国各省中最有意思的一个省，该省不同部落的语言和风俗习惯是一个研究的题目。

云南是最后加入中华帝国的省份。在公元前3世纪，应该不算很早，因为中华帝国有2000多年的历史了。中国的版图是逐渐扩大的。

内部动乱，政治改革，中国的版图一直都在变化当中，而且这一切在中国和史书中都有详尽的记载，有兴趣的读者请参考中国历史。但是我这里要特别提到的是中国西部各省中有不同的民族，他们极具活力，有自己的语言、自己的服饰，甚至有自己的政府，尽管有漫长的被征服和兼并的历史，但是逃过了强大的中央集权。云南是其中最为特别的一个。云南毗邻喜马拉雅山，具有野山的性格，而且周围有群山作为屏障保护自己的人民。在各种各样的部落中，首先要有所区别的是称为土家的原住民和那些迁移来的人，这些移民大多是被发落而来，或是当兵而来。原住民中最多的就是倮倮和摆夷。倮倮又被分为白倮倮、果倮倮、红倮倮和米倮倮。这样叫不是因为他们的皮肤，而是因为他们穿的衣服的颜色。米倮倮自然是种稻米的。中国的皇帝征服他们之后，要给他们封号，让他们继续占有相关的地区。今天倮倮实行的好像是一类封建制度，首领叫土司。很难搞清楚中国政府从中得到什么样的利益，因为这些土司像是总督一样，对自己的人民实施十分专制的统治。倮倮们胆小，女人种地，男人抽大烟，不愿见外人。摆夷与中国人相比讲不同的语言，而且似乎有自己的文字，和老挝人很相似。中国政府对他们很尊重。

在从中国其他地方移民来的人当中，第一位的是白尼人。由于他们和倮倮长期密切接触，已不再有优越的地位。其中移民家人说他们来

墨江县城和墨江文庙／路易·德拉波特

法国湄公河考察队在墨江受到了官员异乎寻常的迎接，加内写道：“他郎的县官派来接我们的人前面有旗子开道。士兵们总是敲着一面锣，效果就像是在敲葬礼的钟。敲锣是为让我们振奋精神，让我们在爬他郎山时轻松一点。”

自南京一带，祖先是当兵的。他们现在居住的地方过去都打过仗，现在有自己的语言，有典籍。但是中国皇帝不能忍受他们的独立精神，就把他们的书全烧了。专制怕阴谋，也怕思想。在中国秦朝，皇帝无法忍受来自知识层的反抗，下令叫他们闭嘴，同时也把所有历史和道德的书烧了，甚至禁绝了多种文字，只留下一种篆书，这种文字就是现在使用的文字。他做的事正像现在鞑靼人不准波兰人讲波兰语，只许孩子们讲俄语一样。不过秦始皇作为中华帝国的创始人干这件事不完全是因为愤怒和骄傲，而是精心设计，他是想一笔勾销以往的历史，消灭过去的贵族名分，以免他的统治受到影响，王公贵族卷土重来。

倮倮、摆夷、白尼、民家还不是居住在云南的全部民族。云南还有像和老挝人生活在一起的卡佤人。

当我们过一条大江的时候，我们见到一队马帮从对岸过来。这队马帮有一百多匹骡马，全都在水里游动。水面上晃动着一对对耳朵，飘荡着骡马的嘶鸣。正看此景，我们的挑夫们忽然都不见了，原来这队马帮是来接我们的。可是我们还没有给挑夫们付钱。自从我们离开缅甸，从景洪开始，我们的东西都是由政府派的挑夫运输。根据惯例，我们是不用付钱的。他郎的县官派来接我们的人前面有旗子开道。士兵们总是敲着一面锣，效果就像是在敲葬礼的钟。敲锣是为让我们振奋精神，让我们在爬他郎山时轻松一点。在中国，重要的人物旅行都有马或轿子，但是我们太穷了，所以我们只能步行，这有点影响我们的尊严。道路崎岖不平，但是到处有耕地。半山上的梯田排得像是罗马的角斗场。这些梯田一般面对一个深深的谷地，站在上面可以看得很远。如果不是有座寺庙的话，他郎挤在一起的房屋和灰色好像是一座欧洲的小城。护送我们进城的中国人尽最大的力气制造声响，使得全城人民都跑出来迎接我们。他们甚至要冲进我们要住的庙，可是两个兵把他们挡在了门外。这座庙有好几层。我们住进了最里面的一个院子里。厅堂上没见大肚子的神像，也没有其他神像，只有几个牌子，上面写着中国字，周围香烟缭绕。原来，这是祠堂。外面的声音进不来，厅堂内东西很少，就像是清真寺或是路德教的教堂。

中国人的好奇心过了一会儿就打断了我的思绪，因为他们绕过我们的岗哨，从围墙的裂缝处钻了进来。我们没办法就用棍棒。按照中国方面的规定，我们有权使用棍棒，在大街上走时我们就用过。他郎的城墙虽然像思茅和普洱的一样没能挡住暴动的回民，但是因为这里没有多少商业重要性，所以被破坏得也不严重。大街上的房屋都连在了一起，早晨很早店铺就开门了。街上行人大多是各种山地民族，但是有几个女人吸引了我们。她们的衣着很漂亮，身材优雅富于活力，外表轮廓清楚，鼻子是希腊式的，很通顺。她们穿口袋式衣服，双脚被弄残的中国女人很不一样。他郎的生活受帝国内乱的影响很大，各种生活用品都很贵，一般在中国不受欢迎的土豆在这里成了穷人唯一的蔬菜。如果我们样样都要自己买的话，我们绝对是买不起的。幸好我们与当局的关系不错，他们送了不少东西给我们，使我们的生活有了保障。

此时气候温和，11 月里景色和我们家乡差不多。灰色的天空不时会飘点雨，很少见到太阳，中午的温度最高没有超过 13℃。如果我们有办法防潮的话，这种气候应该是很好过的。但是我们睡在祠堂的地上，四面透风，被子又薄，所以我们的处境就像是法国的穷人一样。按说他郎离热带不远，但是因为海拔高的缘故，所以天气比较冷。

云南的群山里富藏各种矿产是早已确认过的，离他郎 16 公里的地方就有金矿。有一些私人悄悄开矿。劳工们在山上设了营地，在露天搭帐篷，这里挖挖，那里撬撬，挖到金矿石后就在一边粉碎，然后用水冲来淘金，利润很低。我们很难在此用欧洲的观点来判断这个矿的价值，因为帝国的法律禁止勘探和开采矿藏，因为担心开矿会使人放弃农业。按皇帝的哲学思想，他是不希望臣民们害上淘金这种邪恶的病。但是，既然现在中国要加入世界商业体系，那么如果这样多的矿藏没有被开发，无用地留在地下，就令人遗憾。

他郎的县官和我们进中国后就打过交道的中国官员们一个样，一定要派给我们护卫队。我们走出城外，女人们停下梳妆，孩子们跑过来

墨江哈尼人的彩色画像 / 路易·德拉波特

无论是路易·德拉波特还是加内，一路走来显然对哈尼人及其服饰欣赏有加。《加内报告》中写道：“街上行人大多是各种山地民族，但是有几个女人吸引了我们。她们的衣着很漂亮，身材优雅富于活力，外表轮廓清楚，鼻子是希腊式的，很通顺……”

跟着我们大喊大叫。这座城的房子一直排到山上。在路边，我们看见一个放在笼子里的人头，这是当地人用来吓唬鬼怪的。这藏有金子的大山，远远看去，像是十分骄傲的暴发户，但是裸露着身体，好像对装饰不屑一顾。山边有一条小溪，水里有金沙，村民们在这小溪淘金。我们在这个村子里歇了歇脚。

尽管我们在休息的时候随时都要看管好我们的挑夫们，但是其中一人还是逃过我们的眼睛躲在一张床垫后吸鸦片。等再上路的时候，他无法挑起担子，像喝醉酒一样东倒西歪。我们吓他没有用，打他也没有

墨江山地人的彩色画像 / 路易·德拉波特

在法国湄公河考察队的这次考察中，因技术方面的缘故，路易·德拉波特的作品大多以单色为主，彩色的极少。唯有墨江，一口气留下了两幅惟妙惟肖的彩色作品，让我们得以从中了解到百年前这些少数民族原汁原味的服饰文化。

用。我认为再也没有一种疾病比吸鸦片更严重的了。欧洲人拿酒来摧毁野蛮人，摧毁一个国家，与此相比，差多了。任何人吸鸦片都会上瘾，讨饭的上瘾后要抽两口才想到吃饭。上了瘾后，人人都成为毒品的牺牲品。不少中国人来找我们要解毒的药。唯一的药是上瘾者自己禁食的能力。但是很糟糕的是，鸦片首先攻击的是人的毅力。

路挂在山腰上，下面就是峡谷。我们在浓雾里行进，发现连植被都透着北方的坚韧。云南确实是一个多样性的地方。从山顶往下看，一片平原，中间有河穿过，令我们赞叹不已。从雾气里透出的太阳，把光芒洒在这块最美丽的大地上。两排山脉又高又险，带着东方特有的色彩，连接着眼前的地平线，沿山而下的峡谷，陡峭不平，像是深深的皱纹，其中巨石兀立，像是罗德斯雕像的轮廓。红河载着她黄色的水在白色的沙滩间流过，河边就是元江城，没割完的稻田、甘蔗、槟榔树给整个平原一片难以置信的绿荫。我们走了很久才走到石铺的路，然后到了城门。城里的官员们穿戴整齐来接我们，风中飘荡着各色旗帜。人们点爆竹，放火枪，敲铜锣。这种铜锣声像是米开朗琪罗曾经描述的那样，是天使在末日审判日召唤死者用的长铜喇叭。我们还从未受到过这样隆重的接待，所以个个挺直了腰，露出骄傲的眼色，使老百姓尊敬我们，但是我们的外表实在是太悲惨了。好像我们下山后，这里的温度升高了，使得这个地方看来和世界上其他地方都不相同。也许是我们在山里待的时间太长，所以见到太阳和平坝就感到头晕。在这个绿洲里，我们应有尽有，包括我们睡觉要垫床的稻草。县官不仅来接我们，还专门先来拜访我们。他们来的时候，前面有捧着红纸的士兵，红纸上写着官员的姓名和职务，然后有一些仆人赶着一头猪、一只羊，手里拿着一只阉鸡，还有一包一包的茶叶和橘子。当我们回访县官时，他很热情地接待我们。他让我们看他的儿子，抱在他的怀里，他说这是他唯一的孩子。其实我们知道他还有好几个孩子，但那几个都是女孩，在天朝里，女孩子是不算数的。他还展示了许多他的西洋玩意，这使得我们好不容易才选送给他的礼物十分逊色。他有表、钟、手枪、望远镜，好像是英国人送给他的。还有几张相片，从穿着暴露看，好像是妓女。这座城很大，但是还有不少空地，空地上长满了荆棘，再就是菜地。市场很大，店铺也很多。后来我们发现尽管元江面露繁荣，但其实十分贫困和悲哀，疫病严重。有一种霍乱造成很多死亡。我在街上时不时看到有人抬棺材而过，棺材顶上插着四根香火棍，飘着一丝烟。这个地方的土匪也很多，公众安全没有保障。官员们都是自顾自。卫兵也是爱管不管，除非是哪个有名或有钱人被杀或被抢了。特别有钱的人自有士兵护送，或者自己和仆人都全副武装。但是穷人就没办法了。头一天卖土豆给我们的一个倮倮在回家的路上被抢，第二天他被送来找我们的医生抢救，但是一点用也没有了。

不管元江的县官的信息有多么混乱，拉格利队长还是左打听右打听。他从经验知道，不能够轻视哪怕是最小的一丝线索。难道我们在旅行当中没有遇到过从前隐隐约约的说法突然变得真相大白的情形吗？我们这次考察带了不少科学文件，这些都是过去杰出的法国人写的。人人都知道，耶稣会教士的作品得到认可，然后他们被康熙所看重，然后被允许绘制帝国的地图，每一个省会的位置都标得很准。这里我想提一句，就是在传教士们去到中国之前，中国就花了很大的力气来绘制他们这个帝国的图像。

阿米奥神父说中国人的禹贡地域图成于晋，是世界上除了摩西五经外最早的关于地形的描述，里面包括尧舜时代的地形描写，应该是公元前 2000 年。这位传教士还说，明代中国地图是马可尼所编的中国地图的基础，而且马可尼的地图可以说只是原地图的翻译本或是缩减本。我自己见到过元江县官的地图，很有意思。地图的作者似乎比较关心画出来的图是不是对称，所以就到处点上整整齐齐的山，就像一堆堆绿颜色的糖。图上的河流都差不多长，而且都连在一起。只是每座城池的位置是比较精确的，这表明中国人在我们之前就会使用指南针了。他们的长度叫里，是我们里格的 1/10。我们的这个县官朋友一边回答我们的问题，一边看地图，很显然他对这张地图很熟悉，可是问到山脉的走向和河流，他就一头雾水。他证实了我们的猜想，即城边上的这条河，穿过东京之后进入大海。这条河位于扬子江和湄公河流域之间，发源于喜马拉雅山某一支山脉，这支山脉同时也是湄南河和广东河的发源地。红河从西北流向东南，在元江称黑堤江，到了东京边境后才称红河。从元江到海边，海拔高度才有 400 米，这样长的距离高差不大，很容易让我们猜测流势十分平缓。我们听说有几个险滩，而且有一个瀑布，这会阻挡载货的轮船。但是这几处障碍是在云南境内。然后，从蛮耗往下 3 天就到了安南境内的市场，货物能在 16 天内直达东京的首府克州（河内），不用为了行船而装卸。

在战前，云南和安南之间有不少贸易，特别是金属。安南制造钱

所需的锌是由中国商人的马帮带到东京去的，中国人则换回银子。这种互补贸易存在过，但是两国之间也有斗争。在9世纪的时候，云南南部的山地部落会同东京的部落起来反抗中国的皇帝。根据安南历史记载，云南的一部分还因此属于安南，只是后来反叛的安南王当了中国皇帝的女婿后才归还给云南的。如果我的判断是正确的话，安南比较担心的是从中国来的难民，他们顺红河而下，进入东京。法国在中南半岛最南端的地位促使我们对这个地区发生的事件高度重视。两个亚洲国家已经因为各种原因十分警觉，所以我们在顺化、在北京的作用应该是从欧洲的商业利益出发除掉影响人口流动的障碍。

就像是把国旗插上新大陆的土地上的航海家一样，拉格利把法国

元江和元江城／路易·德拉波特

站在这样的位置俯瞰元江和元江城，法国湄公河考察队首先想到的是，能否通过元江将货物直接从云南内地运往越南河内。

国旗挂在我们坐的船上，这艘船载着我们行进在红河上。元江城当局鸣放礼炮为我们送行，炮声盖住了为我们送行的群众的嘈杂声。等一切声音都退去后，我们还能看得见旗子、官员们的红伞，还有城墙边上闪闪发光的刺刀和长矛，背衬着蓝蓝的天空。

由于遇到了险滩，我们没法继续坐船前进，只好再拄杖步行。一个月后，我们就有可能爬上云南城所在的高原。云南城是云南的省城。现在，我们要上半山腰的蒲瑶村。这座村子像是沙漠里的一个绿洲，树多。罗望子、槟榔，这些树看来好像是村子建立时就种下的，十分古老。房舍都是一层的土基房，在平台上，妇女们在纺线或是做其他家务。猪、牛、毛驴都是放养的，所以满街跑。蒲瑶很像我去过的一个埃

及中部的小城镇，很小，但是有城墙。城门口还有岗楼。蒲瑶村是个倮倮村，是个典型的红河岸边的村子。越往东京走，中国政府的控制力就越弱。当帝国的影响力在整个云南省都被削弱的时候，谁还能管得住这些本来就野、本来就住在人迹罕至的地方、本来就无法监视的民族？不管这些民族未来的命运如何，他们在中国的控制下得到不少的好处，比如，他们学会了从狩猎向农业的转变。在蒲瑶，村民们种庄稼。他们在离村子大约 4 公里的地方拦了一条河，然后挖渠把水引到了村里。修水渠用的是当地的石料，他们也没有特别讲究，但是这石料却是上天的恩赐——非常美丽的大理石。由于水流冲刷或是人脚多年走过，石头被磨得五彩缤纷。槟榔树羽毛般的枝叶，还有老树根罩着水渠口，女人们在汲水，呈现出一幅《圣经》里描述过的景色。村子里的女人在脖子上和手臂上套着银器，衣着简单地围在腰上，额头上盘了一圈辫子正好固定了一顶帽子，她们的头发又浓又密。女人们的身材很好，举止高贵雅致。

第二天，我们顺一个峡谷行进。一条小河冲刷着大理石的河床，两旁是凹凸不平的岩石面。岩石面是由很多鹅卵石集合而成的，地质学上称这种现象为聚结体。这种天然的拼接画，如果在欧洲的话，肯定会用来装饰哪一座宫殿，可是在这里，没有什么用，千百年来躺在这里，无人欣赏。两旁，凹入地表的岩石透过薄薄的浮土露出五彩的颜色。一程一程之后，峡谷变得越来越宽阔。沿途的村寨都有茂密的大树。灰色的房舍用的是土基，平顶上罩着一个金字塔形的草垛。远处看像是草顶的城堡。房舍旁还有带岗楼的围墙。人人都怕土匪，所以躲在围墙后面。但是围墙再厚也防不了官家的掠夺。我们的队伍还没到，这个村子里的人就跑光了。人跑光了，我们就遭罪，但我们又是人家害怕的对象。

我们抵达了石屏城。这座城的美丽先是藏在一个伸入湖水的小山之后，这座小山后面有一个平坝。忽然眼前一亮，我们看到了一切。在两座山中间，是一大片水面，蓝得恰似倒影的蓝天，湖上平静如镜。这就是石屏湖。然后石屏城出现了，像是一座浮城，与大地以宽阔的通道相连，以稻田相连。行人、轿子、马匹在移动。湖面上点缀着一些小岛，小岛上有房子。在我们眼前的是水牛，一半泡在水里，水牛是用来耙地的。水牛旁有一个几乎全裸的人，模样像是水神，拉着水怪一般的水牛。在新颖的景色前，我忽然花了眼，分不清楚水和天，这里，水天一色。

最好观赏风景、观赏全城、观赏湖水和坝子的地方是一座小山，这小山上有座亭子。我为了逃避城里人的好奇心，在傍晚的时候来到这里。在我们左边，一片水面深入参差不齐的群山剪影线上。光线就要退掉，给一切洒上了紫红色。在湖边，无数房舍的三墙背衬着大山的阴影。在湖里，渔船还有水草点缀着水面，斑斑点点，一开始的时候模模糊糊，然后随着房屋隐去，越来越清楚。湖里的小岛大岛依稀可见，小岛上有人居住，大岛上有寺庙，十分独特的建筑风格，在大树遮掩下，与周围风景相映成趣。这座城本身没有太明显的特点，但是由于光线的作用，逐渐地，在我看来，变成一个来到湖边的征服者，来了，然后，终老此地。中国人习惯在大地伸入湖面的地方建一座门，用以标明，水在此终结，地从此开始，这一点绝对不是随随便便的，有实际的用途。如果走过其他的水上城市的话，旅人们一定会感到遗憾，为什么威尼斯不派人来石屏学习学习。

县长劝我们立即前往云南城，不要再做推迟。但是我们要去临安。我们的固执让他感到绝望。

临安是一座不仅在云南，而且在老挝也有名的城镇。它有两层城墙，比石屏大，但是没有石屏明亮和好看。房舍很低，质量不好，尘土蒙面。城里唯一一条街道从这个门连接另一个门，很宽，也很直。除此之外，全城的人都住在一些小巷里。寺庙很多，而且还在盖，占了不少地。中国建筑师们非常看重装饰，喜欢造占地面积很大的花园，而且造一些没有实用价值的东西。

群山又一次展现了它一贯的险峻，在松树和柏树之间的是红土。一些斜坡中间有小沟溪。有一座小山被这些沟溪冲刷，使我们走的路好

异龙湖和石屏县城 / 路易 · 德拉波特

一百多年前的异龙湖，呈现给我们的是田园诗般的美丽，如今这种感觉离我们已渐行渐远。

像是沿着万丈深渊一般。很长时间我们走的路都是：先上，然后进山，然后下到一个谷地，在附近的村子里找休息的地方。有一天晚上有个村子的居民被我们的突然光临吓坏了，于是马上就逃跑，就像是老挝的山民一样。很可能，我们的外表，长头发和野蛮样，像是叛乱分子。

我们终于平安地到达了通海城，它像石屏一样，坐落在一个湖边，好像是一个军事据点。里面住着一位将军，将军率领着一帮穿着破烂军服的士兵，他们懒惰残暴，到处抢东西，为老百姓所憎恨。

这座城有城墙，有一条主街，两旁有店铺，一直通向城中心。城周围是耕地，无数的村庄，远处是湖，似乎在用沼泽来争地。我们走到

任何一个地方，后面都会跟着上千的群众。县长是个小个子，胆子也小，在这样一个动乱之地出任这个官职更使他十分惊恐。他把接待我们的这个任务让给了一个武官。这位武官倒是很自信，他又说又笑，还一边赶围观的群众。在 12 月 16 日这天，天突然变得很冷。次日，我们激动地发现，下雪了。大雪覆盖了房顶、树林和群山。但即使这样也要离开通海。清晨，大雾迷漫，笼罩一切，20 步以外，什么也看不见。等太阳出来，惨兮兮的大自然变了一个样，大雪中，红墙和寺庙在阳光下十分美丽，仍然用茂密的绿叶托着白雪的大树好像在怀念过去的夏天。另外的红叶大树混合着白雪，艳丽无比，让人惊叹。灌木里的花朵，含着冰水，低下了头，像要死了一样，但是棕树，像是要证明自己是这个热带和寒带交接气候带的真正主人，虽然在雪压下略有弯腰，但是尽显优雅。我们久违了这样的景色，所以兴奋异常。我们队里的安南人也一样，他们没见过这样的风景，所以尽管冷得要命，也很兴奋。他们就像一辈子没见过光的盲人，忽然在三四十岁的时候睁开了眼，尽情地欣赏这光辉灿烂的景色。

一路上，再没有比这更美丽的景色了。天空下，群山的白顶依稀可见，山峰像是飘动的云朵，变幻成各种形状。半埋在雪里的村落让我们想起阿尔卑斯山。单调的稻田在一层冰下消失了，我们看到完全不同的原野。为了看到这样的景色，我们付出了许多：破庙，崎岖山路，潮湿的木柴。所以有时屋里烟熏得厉害，你不得不跑出到外面。

离开通海的路上 / 路易·德拉波特

一场滇南一带难得一见的大雪，不仅让久违雪景的法国人兴奋异常，也让从没见过雪的安南（越南）人感到兴奋不已，尽管他们在这场大雪中被冻得瑟瑟发抖。

江川也是坐落在一个湖边的城镇，这个湖的湖水来自一条河，这条河同时也被当地人用来灌溉农田。湖边的山上没有耕作的迹象。这个湖和我过去见过的湖都不相同，一是相当大，二是周围的一切还存有野性。在湖里的石头上，岸边悬崖上的洞里有棺材，据说棺材这样放可以防野兽，因为当地有些野兽以吃死尸为生。在澄江的时候，我近距离地好好看了看这个湖，天空是灰色的，清水无色，在雪山顶上，白云在向温暖的地方飘移。阴沉和令人沮丧的风景已经让人难以忍受，大地似乎穿上了丧服，准备新一轮的战争和瘟疫。

在晋宁城门上可以看到全城被毁坏的程度，不幸的城镇几乎被夷为平地，凄惨的居民在废墟下掘地而住。我们在城里游走，看到悲痛和悲痛造成的沉默，而没有看到能够引发复仇的绝望。城墙外，大地荒芜，田里有死人，等着下葬。

澄江抚仙湖 / 路易 · 德拉波特

尽管雪后的抚仙湖呈现出野性的美，但此时法国湄公河考察队显然已经无心作过多停留，因为这里离云南城（昆明）已经很近了。

柏树是这里仅有的树种。因为这种树在欧洲是公墓里的专用树，所以我们感觉到是在墓地里。但是秀丽的景色慢慢让我们摆脱了阴暗的思想。在欧洲，死人只能埋在特定的地区，可是在中国，人可以随便埋在最为美丽的地方，面对大自然沉思，好像在生前没空，死后就专门做这项工作。这种自由反映了中国人比较普遍的想法，那就是尊敬死者。但是活人因此就要受罪，因为这对公共健康是一个严重的威胁。

我们快要到云南城了。在山上，我们已经看到使这座城美丽和富饶的湖。如果天气允许我们登上更高峰的话，我们一定能看到这一路过来途经的 5 个湖。离开红河后，我们沿广东河走了一段，最后进入了扬子江流域，中国人称这条江是大海最大的儿子。我以很难形容自已的感情，看到这条汇入扬子江的河，由于雪水而变大了一些，向北流去，一直流到上海，好像是要先去为我们开路。

好不容易等到天明，我们怀着要进大城市的兴奋心情上了路，今晚但愿有一个比较大的地方歇息。平坝大大地展开在我们的面前，让我们吃惊，因为这里的海拔是 1600 米。由于这平坝太大，周围的山看上去不够高。我们过的村子越来越大，路也开始用石子铺过，路两旁种有柏树，平坝上的耕地一望无际。遇到无数的人，里面有士兵，还有小贩，这一切告诉你省城近了。云南城位于这个平坝的较低处，所以差不多只有 200 英尺的地方你才能看得见它。实际上，刚才我们已经是在它的郊区了。进了城，我们被人群拥挤着向前走，几乎迷失方向。除了传教士外，他们还是第一次见到欧洲人。而传教士从来都是扮成当地人才出面的。我们的胡子，我们的乱头发，我们奇怪的衣着，引起了他们很大的兴趣。他们一直跟着我们，一直跟到考试馆，因为我们要住在这个馆里。

到了云南城，我们再不会有什么更大的困难了。我们回上海的路已经有了保证。但是应该记住，我们从景洪开始，离开了湄公河，此地是北纬 22 度，距入海口 1200 英里。如果说我们已经解决了它能不能航行的问题，那么它的源头仍然是不清楚的。

我们才回到考试馆，就收到了回族将军马大人的请帖，请我们吃饭。我们进去的时候，他坐在第一个院子里的一个牌桌前，和下属在一起，正在下棋，全神贯注。他看到我们进门，欠了欠身，叫手下领我们到一个会客室去，这间会客室装饰十分华丽，我们坐着一边喝茶，一边等主人。外面传来笑声和谈话声。

我们看了看这衙门里的房间，都很舒适，说明主人对未来很有信心。墙上和顶上都挂着中国画和广东灯笼。马大人一进来，就问我们麦加、麦地那的事。斋节刚开始。白天把斋，晚上吃东西。马大人脸上很多皱纹，显得有些沮丧，但是他的眼睛闪着光芒，声音嘶哑。除了先知和《古兰经》外，只有打仗和武器能引起他的兴趣。这所房子里有不少长矛，走廊里有很多铁球袋，还有长筒的火枪。后来他带我们看了他的武器库，让我们大吃一惊。因为里面有很多欧洲武器，后膛枪、双筒枪、卡宾枪、左轮枪，各种手枪，应有尽有。马大人是一个很有势力的人，在广州和上海都有采购官员，价钱高低从来没有使他为难过。由于云南省的实际情况，他几乎垄断了海关，包括盐税。由于把公私财产混在一起，他就有可能挪用一部分来建这一处豪宅。这个怪人天天都在练习射击，墙、窗、柱子、画都是他的靶子。我猜我坐的这把椅子，因为背后有二十几个洞，八成也是靶子。整座房子的情况都差不多。听说，这里面的仆人也有当靶子的。有传言说，他甚至打死过他的两个孩子。在打仗的时候，他倒是奋不顾身。他脱掉上衣，十分自豪地让我们看他身上的伤疤。我们在中国还没有遇到过这样坦率的人，他更像古代的苏丹。最后，等我们看完这一切，看完他的财宝之后，我们不能忘记我们是来吃饭的，所以我们就等着宴会的开始。

我们先吃西瓜、菠萝、橘子，几乎一整套水果。我们面面相觑，后来才知道我们搞错了，欧洲最后上水果点心，但是中国却是先上。在以后的 3 小时内，我们吃到了最奇怪、最美味的菜肴，一道接着一道。大地和海洋的资源被这位暴发户式的军人充分发掘，燕窝、各种昆虫、鱼的内脏、青苔，我记得的就这些。后来还吃了各种肉，最后喝汤。我们喝了很多茶、米酒，用纸巾擦手。马大人因为在把斋，所以只是看我们吃。看我们如此狼吞虎咽让他觉得很高兴。等我们向他告别后，我们觉得他成了我们的一个朋友，不管他在这场战争中站在哪一边。

慢慢地我们和所有方面都建立了好的关系，政府、军方、宗教等等，忠心人士，或者是叛乱分子。我们在等待，看事态的发展，看如何利用官方为我们提供资源。即使按和平日子的标准，给我们的给养也是很充足的，只是时常有些骚乱。除了没有酒，一切西餐所需应有尽有。中国人只是用面粉做饼一类的食物，所以我们自己做面包，很高兴能有机会再次吃到这种珍贵的食物。差不多 18 个月来，我们天天吃大米。

云南城是个方形城，四周各边约四个弗隆。城墙十分牢固，有六道门，其四道主门有门楼，这门楼像是寺庙一样，另有两道次门，没有

圆通寺 / 路易 · 德拉波特

原文字说明表明这是昆明大观楼，但通过比较我们可以发现，这幅铜版画所绘景象比较像昆明圆通寺。

主门那样高。我在参观门楼上的岗哨时发现有两门炮，很惊奇地看见火门上刻有耶稣会的印记。印记表明了炮的出产地点，因此我心生爱国之情，十分自豪。耶稣会的传教士靠努力、靠美德影响皇帝，他们中绝大多数是法国人。为了挽救这里的灵魂，他们变成了天文学家、数学家、地理课教师，他们还成为哲学家、文学家，只是没办法成为科学家。为此他们加倍地劳作来弥补。总之，为了传播福音，他们情愿做一个默默无闻的小工。他们在云南有继承人。

我特别想感谢普罗托神父，他是一位谦虚的人，话少，刚毅，他的自我修养开初让人糊涂，然后让人崇敬。还要感谢弗农也（古若望）神父，虔诚的教徒，过了20年的海外生活。他们义无反顾地与我们会合，我们感谢他们，一是在一起的愉快时光，二是他们向我们提供的帮助。

从湖引过一道水渠成为护城河。在城外的平坝上，还可以看到另一座城的遗迹。这座城和现在的这一座差不多大小，过去曾经是商业中心，每一个人都知道，那才是一座中国城最重要的地方。由于战争，没人做生意，所以外城也就荒废了。

云南城的这一边有两个山包，为城添色不少。山上种满了绿树，还有很多寺庙，官府衙门的房顶的屋檐都是往上翘着的，有奇怪的装饰，高于一般的房屋。在整齐划一的房群中显得很突出。主要街道从南门开始，一直到这第一座山丘，很宽，两旁是店铺，雅致的门面都有两块牌子，黑底，金字。街道上还有嵌套在两个柱子之间的招牌。街的这一头都是食品，店铺里挂着火腿、鸡、鸭和羊腿。卖化妆品的店里有科隆香水，还有法国香皂，有时装样片，上面画着巴黎人的面孔，这能使我们恢复勇气，不至于被中国女人征服我们的心。

这里的女人，像是用蓝布或是丝绸裹的木偶，额头上涂着米粉，脚则像孔雀的一样细。看到她们，我们就怀念老挝那些壮实的女孩子。中国女人裹脚的根据其实就是男人的妒忌，由于不信任，女孩子的脚在小的时候就用布裹起来，除了大趾头外其他趾头都叠起来，所以成人的时髦女人就可以穿尖尖的连 10 岁小孩穿都嫌小的鞋子。

云南城的穷人很多。有很多又黑又瘦的叫花子，身披破布片，在街上逛荡，像是活着的骷髅，沿街讨饭，或是在店铺门口对着数铜板的伙计唱难听的歌。我见到一家要饭的，父、母，还有 6 个女儿，住在地洞里，身上穿着桑叶连成的衣服。在和平时期还可忍受的腐败政府，此时更是人民的负担，没有任何好处。当官的，也是总在逃，逃命，正像中国人很形象地说，前面是河，后面是水，这使我们深表同情。

拉格利队长下令我们向东川开拔，东川离大江不远，希望从那里可以到云南西部去，去看一看已经被叛军占领的地区，那里可能已经有公认的首领或是政府。但是，我们从西贡出发时带的 25000 法郎（约 1000 镑）已经用完，我们没有可能在没有资金的情况下开始一次旅行。担惊受怕的商人们早把钱藏了起来，没有谁敢说他还有 100 两银子。总

翠湖 / 路易·德拉波特

那时的昆明城很小很美丽，翠湖周边颇有些江南水乡的感觉。而远处，滇池和西山睡美人隐然可见，一种诗意的栖居。

督对我们说没办法借钱给我们。我们没办法只好去找我们的朋友马大人。他很高兴地说随我们借，1000两到10000两银子，或者我们要借多少都行，钱对他来说没有问题。拉格利借了700两，大约是6000法郎，事后在上海用枪支偿还。他说他要一船枪弹。我们借到钱后向他告别，他接着下棋。

在1868年1月8日，考察队离开了云南城。到了郊外，看见一群小贩在买卖，到了小山脚下，山上光秃秃的，也没种什么。我们走在铺过的路上，遇到一队一队的牛车拉柴。云南人如果不是那样乱砍滥伐的话，他们出门就应该有木柴生火。但是他们宁肯把周边的树丛连根拔掉，所以不得不到远山去找柴。他们还烧一种无烟煤。在我们歇息的第一个村子——大板桥，他们烧一种焦炭。

弗农也神父要离开我们了，他要赶回曲靖，他住在那里。这个神父对我们的情分让我们十分感动，他可能有很久很久没有听人说起过法国了。我们朝北继续走，走过一片比较潮湿的平坝，穿过薄雾，可以看到一些柏树。这些长在小山坡上的大树，很忧郁地来回摆，背后往往是一个村落，村民大多是回族，他们虽然没有参加起义，但是周围的地方都不敢公开地养猪，而且也不敢把猪肉卖给我们。我们所到之处，满目疮痍，人民贫困。大地十分荒凉，到处是废墟，这倒让人想起它昔日的繁荣。

每天我们都为找到一个歇息地而烦恼。供给也成问题，有点像在老挝时最艰苦的日子。

我们的挑夫们想家了，不愿干了，于是就在夜晚逃跑了。我们没办法又去找新的。由于没人愿意帮我们的忙，我们也只有抓过路人了，他们没办法只有跟着走，后面是我们的刺刀。我们必须尽早到达东川。这是我们的理由，唯一的理由来使用暴力，而且我们总是给予了充分的补偿。金钱上的弥补使我们的受害人觉得满意。

一眼看去，不管哪个方向，不管是看人还是看东西，一片悲惨和荒凉。这个地方老百姓住的不能叫房子，很简单的住所，风一吹就会

倒。终于走完了高地，我们下山了，到了一个叫大富的村子。这个村里有旅店，为了欢迎我们还在门口贴了红纸，一个这里常驻的武官来拜访我们，他尽力地让我们忘记一路的寒冷、疲劳、饥饿和荒凉。在大富有一个市场，街上有人卖香油条，各种形状，美味，是用面粉、油、葱和八角籽和在一起做成的。老百姓从大老远的地方来买东西过年，但是很难想象年有什么好过的。泥巴顶，狂风吹，在这样的情况下会有什么欢乐。不过在准备过年的气氛中，我们倒也受了感动。

这是此次旅行中我们第二次看到一年的终结，这一年是如此短暂，但是我们又记得非常清楚。在我们经受折磨的时候，每一个小时是那样漫长。我们的健康也出现了问题。每一个人都生了病。这一天，大街上的人群在欢呼，可是对我们来讲开局不好。我们行进时，有病的就用担架抬着跟在后面。这次，轮到拉格利队长了。大富村的村长收到东川府的命令要好好对待我们，十分同情我们的处境。他搞不懂，像我们这样的大官怎么会穿得这样糟糕，看上去这样穷。他也不想搞懂，只是像士兵一样执行帮助我们的命令。他认为我们乘船会比走路要好一些，特别是去东川，这让我们非常惊奇，也很高兴。于是我们就跟他到了河边，找到船就开拔了。这是一条小河，很窄。按法国的标准来讲是没法行船的，但是中国人的想法不一样。我们坐的是平底船，用木板压弯了拼接而成，但不至于绷断。要开船，就把它拖进河里，能漂就能走，河底见到不少鹅卵石，还遇到险滩，还有小瀑布，终于，后来河道变宽，成了一条真正的河。这附近的山是我们离开云南城之后看到的山中最难看的。千篇一律，一点绿色都看不到，红土，光秃，好像是炉子下面的灰渣。从山头到山脚通常都有一条小路，很少转弯，好像是行人怕耽误了多看了一眼这荒凉的景色，所以宁肯少走弯路而多费点劲直上一样。一旦习惯了航行，不再为船而担心之后，这两岸的荒凉就让我们沮丧。

是我们太累了吗？或者是我们噩运的先兆？即使今天，两年之后，我还是没有理解当时这个荒凉之地给我的离奇印象。那个地方，除了天空和水，一切的一切都是血红血红的。

我们在这条河上漂了一段时间，由两个船工拉着，他们在岸边的拉纤道上大跨步地行进，后来，我们往右拐进一条运河，到了东川的郊区。

在河上有不少桥。有时为了通过，我们不得不卧倒在船底，这时船老大会用中国话起码反复说20遍：大人，有桥，看头。我们到达东川时已是晚上。一个官员在等我们，他带我们进了一座庙里歇息，这庙里有无数的装饰，门框、天花板、台座。各种龙、怪兽，能飞的、翻腾的、肥胖的，被深深地雕在木头上，金首、红舌、花环、群鸟。即使在那里，我们也是情愿要点小的、暖和一点的、不容易被外人打扰的住所，而不一定是这样宽大的地方。

我们最后住在一个阁楼上，这楼原先有过楼梯，但是现在要爬梯

到达东川城外 / 路易·德拉波特

《加内报告》中说的东川，就是现在的会泽。到会泽后队长拉格利病情加重，考察队留下拉格利继续前行，越过金沙江后绕道四川会理，最后从宾川到达大理。

子才能上去。住下后，我们用纸把窗子糊了起来。

东川府的府尹林大人，尽管是个比较高级的武官，还是先来拜访我们。第二天，我们进行了回访。我们刚进衙门，就听见爆竹齐鸣，穿胸甲当棉衣的卫兵，戴一种好像欧洲人已经学回去的藤条编的帽子的仆人们，穿着长裤，手笼着袖子，齐声大叫。这种接待比较隆重，说明他们很重视我们这次访问。主人穿丝绸长袍和白色斗篷，他带我们进了好几道院子，然后来到一间华丽而且装潢很有品位的大厅。看到地毯、漆桌、描金的沙发和磨光的台子，我们恍惚以为来到了谁的绣房。如果说富裕度还差一点的话，那么高雅度是超过马大人的厅堂了。至于这位主人，像是位地主，又像是行伍出身，不过他表现得确实像是一位绅士。

林大人有不少欧洲军火，但是因为在上海没有代理，所以通过一些中间商购买，转了好几道。他说起价格来使我们大吃一惊。

东川是一座中等规模的城市，城堡和一些公共建筑情况尚好。该城坐落在蓝江附近，所以位于叙州府到云南的交通要道上，每人似乎活得都不错，安详宁静。当地老百姓好像对他们的府尹的处事办法很赞同。回民叛军知道这个府尹的弱点，于是派出了一个谈判代表，双方似有谅解。在城里我没见到很多棺材铺，仅有的几家活计做得不错。

拉格利的病越来越严重，他需要绝对安静。就他个人来说，只有一条路可选择，即等他复原，然后去叙州，然后前往上海。他已不可能前往回民起义的大本营，这个计划是他在云南城逗留时制订的，而且他认为完成这个计划是整个考察活动的一个高潮。另外，他知道他的同伴们是多么想完成这个计划。研究伊斯兰是怎样在远离她的诞生地的情况下创造一种全新的原始文明，看一看清真寺是怎样和佛寺共处，到丽江去再看一看湄公河，那里，她从西藏而来，沿高达 5000 米海拔的山脚流下，靠近永昌，几乎到达缅甸。而且，在我们之前 6 个世纪，那个威尼斯人马可·波罗留下了足迹，然后抵达大理，一个新兴帝国的首都，这一切重燃我们的热情。

拉格利不可能因为自己生病就让全队放弃这个计划。当他正在犹豫时，中国当局通知他无论如何也必须放弃计划。而且，弗农也神父也来了一封信，他担心我们会遇到危险，所以劝我们别再前进，让迄今还算顺利的考察圆满完成。

11 个月的冒险足以使拉格利更加担心，他如果不在，余下队员能否战胜困难，会不会让队员承受太大的牺牲。由于受各种考虑的折磨，出于远见和慷慨，他决定把我们召到他的病床前，让我们自行决定。如果我们预知大理之行徒劳无功，如果我们知道我们将在东川悔恨不已的话，我们可能会做一个不同的决定。但是，当时，我们充满信心，我们决心走一趟。

从东川到大理

我们一行有 4 个主要队员，外加 5 名护卫，于 1868 年 1 月 30 日上午 10 时出发。出发后，先回到来东川前经过的谷地。这是一片红土，十分荒凉，但是一旦越过群山，我们就感到一阵喜悦。这条一会儿沿山边、一会沿河边蜿蜒的道路上时不时有穿戴整齐的轿子、行人、马夫。和在欧洲一样，中国人也很重视过年。这些驮盐的骡马身上挂着花环和彩带。

2 月开始的时候，大地已在萌动，春天快来了。一切看上去还是灰色一片。但这里一叶、那里一枝预示着新的生命将诞生。路旁是无数的果树，正在发新芽。先开的花已呈现出粉红色。苹果、杏子、李子很快就会开出白色的花朵，大地上正在延展着绿色的秧田。这些美景不久就被另外的景色代替。

当我们爬上一座高山之后，突然在我们的眼前出现了连绵不尽的群山，铁灰色，荒凉，再就是溪谷。我们意识到我们到了大江大河发源的地方。急流从峡谷中穿流而过，庄严之情油然而生。好像上帝刻意设置屏障在此保护生命一样，这里的山都十分险峻。山腰上吊着一条小路，我们沿这条小路小心翼翼地走下峡谷，一边是绝壁，一边是深渊。

路本身在建造时一定颇花费了一些功夫。各种行路的凶险外，还要加上滑。大山就是一块巨石，尖锐，灰蓝，像火山石，在喷出地面的时候，摧毁了一切生命。人在这时只有无奈地面对高山和峡谷。夜幕来临时，马帮像小蚂蚁一样往家赶，不知小心的骡马常常失足，成千古恨。一般情况下，旅行的官员们会先派一个打前站者先走，通知前方的来人停下来，后面的人马才好通过。东川的府尹为此就先派了一个人，我们后来才知道。

悬崖上有鸟窝，居然还有一些房舍，居住着无比穷困的家庭，他们靠来往客人的施舍为生，同时也为路人提供一碗茶。天很热，即便是在 2 月，石壁反射着阳光，没有任何遮挡，让人觉得在炉子里一样难以喘息。最后，我们看到在两座高山之间，流淌着扬子江，这条河在这里叫蓝江，但是江水碧绿，清如小溪。

由于从湄公河而来，所以我们原以为这条江一定是波涛汹涌，江水混浊，恰好相反，她在阳光下静静流淌，闪闪发光。我们为这条江而欢呼，因为在这一片死亡之地，唯她有生命，在荒野之地，她是生命的象征。我们到了蒙姑。这是一个凡前往四川的旅行者都要停留的站点，已有一座小城镇般的规模。但是村子里没有可以为我们雇人背行李的官员，我们只有自己找，后来用一天 2.5 个法郎找到了几个勇士，他们不需要我们时时催赶，自己就走得很快。官府为我们派来的挑夫跑光了，因为他们是强征来的。另外，他们老是和我们在选择歇脚的地方和每一天该走多少路的问题上争吵。我们一点办法也没有，因为我们没有翻译，情况也不熟，只能找几个信得过的当地人。

次日，我们在江岸边停留了一个小时，看距源头 500 里格的蓝江流过，最后看到一艘大船，慢慢向我们驶来。我们全体，包括马匹都上了船，然后渡过了这个国家最偏僻遥远的两个省份的界河。然后我们又开始爬山，山路陡得连山羊也难驻足。爬山的路很直，大江就在下面，江岸边的沙石在阳光下闪烁。

江边有绿色的甘蔗地。从这里仍可看得见蒙姑，但是越变越小，这说明我们越走越远了。后来，我们沿一山脊前进，路也就平坦了许多，从这里能看到壮丽的群山，大江时隐时现，像是一条绿色的蛇，发光的是它的鳞壳，在群山中蜿蜒而行。我最喜欢在早晨看山，永恒的魔术师，光线，给这一群喜马拉雅山的孩子们穿上紫色、金色的外套，黑背景下顶着光线的山峰一个接一个呈现，最后全体亮相，映在江水里就像镶在翡翠里。我们还在往上爬，扬子江边的温度约为25℃，但是在高处，我们冷得发抖，就像突然淋浴了一样，先是蒸汽，现在是冰水。

在高处，人会有很奇特的感觉。没有声音，空气稀薄，一切好像都变得格外透明。这种平静的感觉并不影响脚下野性壮丽的景色。深深的峡谷里是各种形状的石头，它们是剧烈变化的见证，不过这一切对一个头上只有蓝天的人来说似乎没有什么影响，静谧是永恒的。他不会愿意回到混乱中去。在很远的地方，我看到一群黄色的羊群，后面有一个放羊人跟着，寻找干枯的草地。他们在兀立着灰蓝色石块的地面上行进，或是爬行，就像在叫花子破袄里蠕动的虱子。我骑的马老想着走旁边狭窄的绿地，下面就是悬崖，让我心惊肉跳，它也应该怕死才对，所以可能我的担心比不过它的本能，不应该有事。

大桥是一个美丽的村子，木桥和白色的房舍，还有大树。这平凡的绿茵和平凡的村景给人无尽的欢愉，因为我们看到的荒凉实在是太多了。我们在村里的小旅舍里下榻，不少过往的马帮也在这里歇息。马厩里关着很多骡马。到了晚上，在山上有一股烧荒的火蛇在对面晃动，吞噬所余不多的植被。从交趾支那一直到这里，我们经常见到这种没有任何意义的破坏，几个小时内就可消灭掉几百年大自然的创造。冬天经常提醒中国人寻找取暖的办法，所以要节约木材，要开采地下的煤炭才对。

过了大桥，路又沿着山边而进，天又变得十分寒冷起来。从积雪的峰顶吹来的寒风直扑脸面。山顶上的植被与其他地方不同，山上居住着在平坝里见不到的民族。他们身穿毛毯似的斗篷，头戴盘卷着的帽子，看着我们通过无动于衷，躲在杜鹃花和低矮的松树后面。他们的房舍建在低洼的地方，土地就在坡上，庄稼经常连土被暴雨冲到谷底里去。汉人们欺辱他们，把他们当俘虏铐着手的形象画在墙上，以显示征服者的荣耀。

我们的挑夫们，有的从东川来，有的从蒙姑新来，都很愉快，虽然山势险峻，路很难走。他们的步子很稳当，很少跌倒。一路上不是破破烂烂的石阶就是一个接一个的泥潭。挤满旅行者的小旅店一个比一个脏。在最好的一个里面，大白天都要点上蜡烛。唯一有窗子的房子是马厩，里面关着马和猪。在昌州，我们的运气好，住在一个院子的楼上。只要有一个好吃饭好睡觉的地方，一天的劳累很快就会忘掉。在昌州，我们走了一天的泥雪路，抵达时差一点没被冻僵，所以就找来当地酒配成朗姆酒喝。

过昌州之后，我们又进入一个深谷，地势也很险。天空晴朗，雪山顶闪闪发亮，好像是要与云朵争辉。这里有好几个村子，房子都很新，有几座就像是法国退休富商的住宅。四川的这个地区更自由，与邻省的战争、瘟疫和饥饿不可同日而语。

在平静的繁荣和令人欣慰的气氛之下，我们进了会理。

四川会理 / 路易·德拉波特

当时的会理，是古道上一座可以中转各地的小城，临街的房子都是店铺，里面堆满了盐、铜、棉花、染料和草药。

会理是一座中转各地的城镇，它的建设似乎也反映了这个特点。房子都是店铺，里面堆满了盐、铜、棉花、染料和草药。整条大街上都是给马帮服务的行业，卖缰绳的，卖马鞍的。

路仍然很险。现在路边上出现了粉红色的山茶花和杜鹃花，颜色和尺寸都与平常的不同。杜鹃花有深红的，但枝叶却是深黑色，十分抢眼，有白色杜鹃花，花朵娇嫩。

在没有翻译的情况下，我们到了红布所。在此之前，一路上东川府尹都派有前站人员给沿途直至会理的官府打招呼。有人给我们带路和背负行李。这里又是一个分界，再下去又将是战火之地，到处是被士兵抢劫过的痕迹。我们进入起义的首都大理一定要十分小心。不知深浅，即便有中国人愿意帮我们，我们也听不懂他讲些什么。

我们在云南城时听说离红布所两天路的一个地方有一个中国神父，这令人十分高兴。特别当我收到一封拉丁文的信后更是欢呼不已。信上说，他来找我们。就像出现了一个奇迹一样出现了这样一个中国人，他讲我们能听懂的话，而且，思想观点和我们都差不多，而且是在这样一个荒僻的地方。陆神父一进屋，我们就开始问他无数的问题，他有点胆怯，但是很有风度，他说他陪我们去马昌，他就是从马昌来的。但仅此而已。因为此时教会活动比较多，还要对付中国官府。中国人已经开始骚扰他了，因为他在帮着欧洲人干活。

我们又一次见到了扬子江，上一次是在蒙姑。沿江岸行进几个小时之后，我们发现这条江分了叉，这成了我们的一个地理问题。这问题连中国人都已争了多年。问题是：哪一条是蓝江真正的源头？地理科学总是把西部的江列为源头，这条西部的江叫金沙江，而另外一条则叫白水江，这两条江汇合之后才称扬子江。

我们进到了永平。这个地方属于云南，位于金沙江左岸，对四川形成很奇特的包围之势。

由于坚韧不拔，英国人在全世界获得了探险家的声誉，但是在这一地区，他们没能成功。这使我们感到一定的满足感，不是出于虚荣，而是出于健康的竞争心理。我们已经觉得我们是第一个逆流沿湄公河而上的考察队。现在我们就要进入回民之地了，回忆一下英国探险队队长萨瑞尔的总结是很有意思的。他们沿蓝江而上，到了平沙就打了退堂鼓，而我们一直上来，起码超过了300英里。

我们乘小船过了金沙江，由于两匹马乱动差一点翻掉。水色碧绿，两岸无树，快到丽江和鹤庆的时候，才能见到树林。这里基本上没有什么人，我们走了一天也见不到一个。最后我们走到了第一个回民的村子，很安静，没有我们的挑夫所介绍的那样可怕。应该说没有什么力量在阻挡起义军打到河边，但是他们没来，所以金沙江一带算是中立区，看得见官府的旗子，官员们都是当地人，处于半独立状态，很乐意自己发号施令。官府任命这些官员也就是为了最后能撤换他们。大理的元帅之所以没占领这些地方也有自己的考虑，主要是为了贸易。这一点特别值得一提。如果起义军把他们的白旗子挂到了江边，就会吓跑生意人。而官府方面从来也没打算过搞欧洲人认为最厉害的封锁。打仗是打仗，贸易会受影响，但是就两方面来讲，贸易是要做下去的。

没有人，植被就好。其他地方被烧得差不多的松林，在这里青绿一片。我们为遍野的山茶花和杜鹃花兴奋不已。这些花长在潮湿的谷地里，衬着大树，尤其显得美丽无比，从前我只是在温室里和狭窄的河床边见到它们。

我们路过了第一个大理回民的关卡。有几个生意人在过关。一个官员模样的人检查篮子、包裹，还收钱。我们先让他搞清楚我们不是做生意的，所以也就免除了检查。附近有一个叫纳他底的傈僳人村子，村子里的女人穿短裙，齐膝盖，质地是麻的，另外加一件比较宽大的衬衣，镶蓝边。头饰很漂亮，拖在脑后。

我们正在欣赏这一群没见过的民族时，纳他底的首领来了，同时响起一阵中国的锣鼓声和喇叭声。他是我们遇到的第一个回族官员，非常随和，远处看还有点像路易十五朝代的大臣。他戴着有三个顶的帽子，黑发披肩，中间有几束结成一个小辫。大理元帅看来很细心，十分

关注下属的打扮，有辫子，但是不长，而且没像汉人一样把脑门剪得光光的。他好像见到我们很高兴，不仅没检查我们的证件，也没有说什么阻挡我们的话。我们一路遇到的困难多了，没困难反倒不习惯。实际上，这里一片安宁祥和，只是贫穷。贫穷的程度是我们没有料到的。几个生意人与我们同行。他们大多是盐商。汉人也好，回民也好，禁止民间自己采盐。云南出口的东西有茶、鸦片、矿石、草药。我们这种欧洲人的模样可能吓到了沿途的土匪，所以没遇到传说中的抢劫。路上倒是能看到一些痕迹，有绞架，时不时有人的头骨。一会儿下起小雨，高处铺满了雪，白雪降在树林的绿枝上，这种美景经常有人描述。附近只有一些放羊人和羊群，河边有一些当地人在制麻。这里的植被很好。在中国，人少的地方植被就好。

走了几天之后，我们到了宾川，找到一处栖身的地方。这个地方的人口较多。街上的人们留长发，面部特点明显，透出一种骄傲。他们显然就是回民。

群峰围绕的大理湖已经依稀可见，山也变得小了许多，小平坝也多了起来，好像预示着大平坝的到来。但是平坝里的村子就没有几座完

在大理，法国湄公河考察队兴致勃勃而来，却又颇为狼狈地落荒而逃。所以在这片美丽的大理山水面前，考察队没能留下更为深入的脚印。

大理洱海 / 路易·德拉波特

好的房子。破房子里依然住着老百姓，他们还得耕种土地，期待 6 个月后能有收获。我们找到了方神父，他也是一个中国人，有一张平平的满族人的脸。我们先前不知道有这样一个人存在，他也不知道我们的到来，彼此都感到吃惊。我们去的时候，他正在编他的祈祷书。他能讲一点拉丁语，但是讲出来我们一点也听不懂。他过了一会儿缓过惊奇就忙着为我们准备住所。方神父的房子是他自己建造的，看来他原本可以成为一个不错的建筑师，这房子建得不错。房子也就是教堂，如果不做弥撒它就是一座一般的房子。我们就住在里面。

次日，我们沿一个狭长的谷地前进，这个谷地的终结处好像是一座大山，我们越朝这座山走，好像它显得越远。最后我们看到了大理的山。山脚下是美丽的湖。山顶积雪。我们脚下，绿草茵茵如毯，有不少红砖砌成的房舍，灰瓦。白色的山墙在阳光下闪闪发光。周围的一切变得明亮、炫目和纯净，让我们忘记了疲惫、焦虑。

我们途经一条正在修缮的道路。我们进入云南后还是第一次看到有人在修路。这条路通向一座城墙的大门，城墙上达山脚，下至湖边，基本上把路给断了。守门的头领说他派人去请示元帅，要等回话。

回话次日才来，这让我们放宽了心，因为基本上是和善的。我们过了这个城门，跟从大理派来的陪同前行，估计不会有什么圈套在等我们。平坝越来越宽阔，我们走在平坝中间的道路上。不久大理城出现了。我们的挑夫们忽然紧张起来。这时有人告诉我们，不久前城里处决了 15 个欧洲人，而且据说城门上很快就会挂出他们的头。在中国，外国人一律被说成是欧洲人。被元帅下令处决的外国人很可能是缅甸人或是印度人。不管怎么说我们平安地进到了城里。主要街道上人很多。我们一个挨着一个小心前进，眼睛警惕地看着周围，扶好我们的枪。一个官员出现了，他骑着马，穿戴整齐，很轻视地打量我们破破烂烂的衣服和瘦马，叫我们下马。这时，围观的人群挤上来大叫些什么，像潮水一样，差点把我们挤散。有士兵从后面上来挤我们，摘掉我们的帽子，这引发了争执，当中我们有人用了枪托，三个安南人还有另外两个护卫拔出了剑。先是袖手旁观的那个官员此时才叫停，结果，一个回民士兵受了伤。

这个事件实际上是由元帅的好奇心引发的。他在不远的城楼上观看下面的事态发展，是他下令叫人脱下我们的帽子，因为他想仔细看看欧洲人的模样。过了一会儿，他叫人把我们带出城去安顿下来。我们刚住下来，就来了一个官，他先是代表元帅道歉，然后说次日元帅见我们。这一点看来还友好，但是有一个条件，那就是我们不能带武器。他又询问了一下我们此行的目的，这种询问一开始还算是友好交谈，但过了一会儿变成了盘问。到底是因为我们讲得不清楚还是他们不能理解我们居然为了考察而历尽千辛万苦。总之，第二天，情况发生了很大的变化。

第二天正要出发时，一个官员来通知我们说还要安排一下，然后又说，元帅只见陪同我们一起来的勒圭神父。由于我们已经很了解神父的智慧和能力，我们觉得这样也好，能避免危险。神父虽然担心，但还是去了，就像赴义的勇士。大约一个小时后，他回来了。但是他说他被训了一顿，说怎么能随便带人来到大理，叫他们来量路程，绘制地图，而且说法国人肯定是要来占领这个地区的。元帅说叫他们滚，告诉他们即便他们占领了所有的澜沧江，一直占到云南，但是那也就此为止了。哪怕欧洲人占了全中国，他们也占不了大理。我已经处死了不少人，而且他们昨天还在我们眼皮下伤了我的一个兵，所以他们的命也不会好。我今天饶他们不死，因为他们是我们回族长老介绍来的。但是叫他们赶紧从原路退回去，如果还要看什么大理湖的话，连你一起斩首。

在神父通报这个情况之后，我们不仅打消了考察大理湖的念头，而且连这座城也不敢待了。我们闭门在屋，静等次日。我们准备好武器，难说元帅改变主意要处死我们。我们现在在他的手中，处死我们很容易。如果那样的话，我们对后果连想都不敢想。这所房子前后都有士兵守卫，我们自己的兵则退了进来。一夜惊慌，那些看着我们的兵也很警惕地监视着我们。

凌晨出现第一道光线的时候，我们就出了门，外面的兵没有阻挡

大理地区民众的衣冠服饰 / 路易·德拉波特

我们。一切都算顺利，一直到了那个扼守平坝的围墙门口。值班的长官叫我们停下来，自己就去找人，好像是去和上级联系。由于担心出现意外，我们把人集中了一下，然后一溜小跑，冲过几个关卡，终于冲出了危险地带。

到了晚上 10 点，我们刚找到一个地方休息，来了一队士兵，带队的就是 3 天前对我们比较友善的那个首领。他说元帅叫他来找我们买那支我们原打算送给他当礼物的左轮枪。骂了我们的传教士一顿，还让我们连夜逃跑，但是却要我们把枪卖给他，这件事实在是不可思议。我们拒绝了。他们耿耿于怀地走了。当晚我们加强了岗哨，但一宿无事。元帅回避我们，因为他不想引发欧洲人在此地的争夺，但是他确实想要得到欧洲军火。回到勒圭神父的大本营，我们发现这个消息传得很快。附近的信徒们都闻风而来看神父。次日，我们就离开了，多待一天给他造成的危险就越大。给我们送行时，有人哭了。我们为这里有这样一个小小的教区而感动，他们孤立无援，四面受敌，难说因为我们的造访还会受到迫害。这个念头让我们难过，我们也流下了这两年来都没有流的眼泪。

普洱大地上的鱼尾葵植物 / 路易·德拉波特

不久，我们就看到了丽江的雪山。这座山远处看去像是白色的幻影，忠实地守护着西藏的路口。我们从湄公河的入海口来，看到了这高高的雪山。但是我们已经没有希望继续往前走了。在回民起义军占领之地，我们一定要十分当心。这样一点一点地，我们终于回到了中立地带。然后回程的路线基本上差不多，这里就不详述了。在会理城的时候，我们向会理县县长报告了一个士兵欺侮陆神父的事，这个士兵得到了惩处，对这一点我们感到宽慰。另外，我们还帮着张贴朝廷的一份宽待基督信徒的公告。

由于得到传教士、遇到的路人、旅店的老板、商人的帮助，我们对这个地区有了清楚的了解。我们的考察本身也为别人所理解。此时，我们从东川来人处听到了噩耗，我们的队长拉格利死了，这让我们悲痛欲绝。

摘自法国湄公河考察队《加内报告》

踏入东方文明之地

——1867年法国湄公河考察队目击的普洱大地

勐笼的集市/路易·德拉波特

法国湄公河考察队沿澜沧江—湄公河溯流而上，经过15个月的长途跋涉后，从老挝进入中国的勐笼。

1867 年 10 月 18 日，法国湄公河考察队的一群年轻人抵达云南思茅城。

这群人包括 6 位法国人组成的考察队正式成员和由 4 名翻译、4 名法国海军士兵、2 名菲律宾士兵、6 名越南士兵组成的考察队辅助人员。

考察队全队一共 22 人，不到军队一个排的编制。在回到法国后撰写的未定稿《湄公河考察报告》（更响亮的名称是《加内报告》）里，考察队中角色类似于今日文字记者的加内先生如此记述抵达思茅城时的心情："在离开琅勃拉邦 5 个月、离开西贡 16 个月后，从这座山顶上，我们看到了一片无尽的平原，在一座小山旁边，坐落着一座真正的城市，红墙、白色山墙和瓦。我们将走进这个世界上最古老，但最不为外界所知的民族之中。我们激动万分，眼里充满热泪。如果我在此次旅行当中有一死的话，我愿死在这里，就像内波山上的摩西，最后看一眼迦南的大地。"

是什么原因使这群性格坚毅的冒险家抵达思茅时的心情如此激动？如果不了解他们此前 16 个月的行程，就会觉得他们抵达思茅城时的心情太过夸张。其实原因很简单：从离开西贡（今越南胡志明市）附近、湄公河入海口处那个叫"美拖"的简陋小镇开始，整整 16 个月里，他们都艰难跋涉在河流、丛林、村庄和高山之中，直至来到思茅，他们才见到了旅途中的第一个真正的城市。

此前，他们曾经过金边、万象、琅勃拉邦、景洪这些今日著名的城市，但这些地方当时只不过是大一点的村庄，和城市丝毫不沾边。即使是这些地方居住的最为尊贵的人物——国王（加内的描述里，当时景洪的统治者也是一位受中国节制的国王），接见他们的场所——所谓最为豪华的宫殿，也只不过是一间间比别的茅棚更大一点的茅棚。当然，在柬埔寨，他们也曾经过一座伟大的城市——吴哥城。但那座城，只是一座死去的城，一个伟大王国消逝在过往时光之后留下的一具庞大的尸体，那具尸体如今和丛林共居，而不是和周围的人群共居。那里人迹罕至。考察队曾经询问过居住在金边的柬埔寨国王，那座城到底是怎么回事，何人所建，又是怎么建的，但柬埔寨国王和当时许多柬埔寨人一样，不仅一无所知，还对那座城不屑一顾。这种态度，让考察队大为吃惊，同时也给他们留下了这样的印象——从湄公河入海口到中国云南边境，具体地说，是到景洪为止的这片广袤大地上，是不存在真正的城市的。对从西方文化中走来的考察队而言，城市，是文明的象征，既然不存在真正的城市，也就不存在真正的文明。这片大地上，即使曾经存在过类似死去的吴哥城那样的伟大文明，但由于如今生活在这里的人们对那样的文明早已丧失记忆，正活在今日所谓的“当下”，没有历史，没有传统，所以，对于加内们来说，这片大地除了自然因素之外，并不值得敬畏，因为此处还算不上什么文明之地。

而来到思茅城就不同了。这是一座真正的城市！经过 16 个月的艰难跋涉之后，他们终于离开了蛮荒之地，跨入了文明世界。尽管，这里多么迥异于他们熟悉的欧洲文明，但毕竟是文明之地。既然是文明之地，就意味着有了更多的秩序，更多生存的保障，以及更多的作为一个人对世界的亲切感。所以，就像加内感叹的，即使注定此行要死在路上，他也愿意死在类似思茅这样一个城市里，而不是某一个蛮荒的丛林中。

左轮手枪和对云南一系列不恰当的类比

进入思茅城之前，考察队员们心情忐忑，因为他们衣衫褴褛，连鞋子都没有了，形同乞丐，担心思茅城的官员看不起他们。不过，他们依旧足够自信不会受到怠慢，因为他们手中持有在云南行走的尚方宝剑——摄政的恭亲王奕䜣签发的通关信件（那是他们在西贡时就已得到的信件）。果然，进城之后，他们受到了仪仗队和全城人的欢迎。其实，人们都是来看热闹的，他们中的绝大多数人是第一次看到欧洲人。人群的围观，让长久以来行走于荒郊野外的考察队很不习惯，一个个头晕眼花。到一座庙里住下之后，围观的人群依旧没有散去，即使“警察”拿

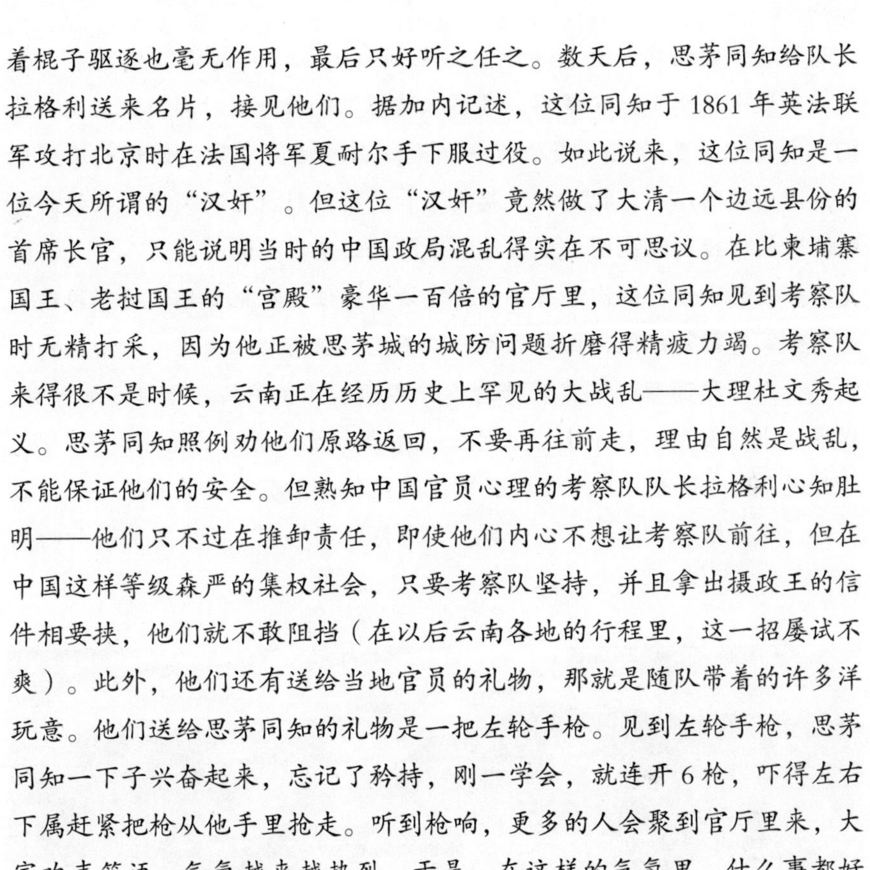

着棍子驱逐也毫无作用，最后只好听之任之。数天后，思茅同知给队长拉格利送来名片，接见他们。据加内记述，这位同知于 1861 年英法联军攻打北京时在法国将军夏耐尔手下服过役。如此说来，这位同知是一位今天所谓的“汉奸”。但这位“汉奸”竟然做了大清一个边远县份的首席长官，只能说明当时的中国政局混乱得实在不可思议。在比柬埔寨国王、老挝国王的“宫殿”豪华一百倍的官厅里，这位同知见到考察队时无精打采，因为他正被思茅城的城防问题折磨得精疲力竭。考察队来得很不是时候，云南正在经历历史上罕见的大战乱——大理杜文秀起义。思茅同知照例劝他们原路返回，不要再往前走，理由自然是战乱，不能保证他们的安全。但熟知中国官员心理的考察队队长拉格利心知肚明——他们只不过在推卸责任，即使他们内心不想让考察队前往，但在中国这样等级森严的集权社会，只要考察队坚持，并且拿出摄政王的信件相要挟，他们就不敢阻挡（在以后云南各地的行程里，这一招屡试不爽）。此外，他们还有送给当地官员的礼物，那就是随队带着的许多洋玩意。他们送给思茅同知的礼物是一把左轮手枪。见到左轮手枪，思茅同知一下子兴奋起来，忘记了矜持，刚一学会，就连开 6 枪，吓得左右下属赶紧把枪从他手里抢走。听到枪响，更多的人会聚到官厅里来，大家欢声笑语，气氛越来越热烈。于是，在这样的气氛里，什么事都好办。思茅同知答应放行，还派人护送，并且催考察队尽快动身，因为“又要打仗了”。

离开思茅后，考察队经过普洱（宁洱县）、他朗（墨江）、元江。在元江，和同知关于地图的对话中，证实了考察队的猜测：元江城边上的这条河流，就是红河的上游，它一路往南，穿过东京（河内）之后进入大海。在元江，还发生了一个有趣的小插曲，考察队要送元江同知一样洋玩意，可不知道送什么好。因为元江同知请他们参观了自己的藏宝室，室内什么洋玩意都有，从各种表、钟、手枪、望远镜、化妆品，甚至还有几张穿着暴露的相片，好像是欧洲的妓女。

考察队从元江走水路，到石屏县境内的渡口上岸，进入元江左岸，进石屏城，再到临安城（建水），再经通海、江川、晋宁（晋城），到了云南城（昆明）。在昆明，考察队逗留了较长一段时间。在这里，他们本想前往滇西地区—湄公河—澜沧江上游地区考察，但那是不可能的。因为昆明以东，就是回民起义军和清军激烈拉锯的战区，云贵总督绝不可能放行。在昆明，主政昆明城防和滇东军务的“马大人”（马如龙）在自己家里对他们进行了热情宴请。这位正在把斋期的将军用精美的各种菜肴招待他们，但自己却一口不吃。在马大人家里，考察队员们发现主人品格高雅，家里装饰着各种名贵家具和字画。可是仔细一看，发现墙上、窗上、柱子上、家具上、字画上竟然有许多枪眼。一打听，才知道马大人喜欢在家里玩枪，家里的武器库里有许多欧洲的枪支，后膛枪、双筒枪、卡宾枪、左轮枪，各种枪应有尽有，而家里的各种物品

法国湄公河考察队进入中国的第一个夜晚 / 路易·德拉波特

显然，考察队对踏入中国的土地充满了喜悦，加内写道：“中国，这个词本身就足以让人想起庞大的帝国和悠久的历史。”

都会成为马大人的靶子，单是加内坐的那把椅子上就有二十几个枪眼。甚至有传言说，马大人还在家里射死过自己的两个孩子。

无法前往滇西，考察队只能前往东川，打算从金沙江边绕道进入滇西。但考察队从西贡出发时携带的25000法郎已经用得精光。无奈，只好向总督借。但被总督拒绝。最后，考察队找马大人，借到了价值6000法郎的700两银子。条件就是考察队回去后，用上海运来的一船枪支偿还。关于这笔借款，还有后话。7年后，云南总督府请常住昆明的古若望神父向法国政府追讨这笔借款，但不了了之。在《加内报告》中，这笔款应该是向马如龙借的，但马如龙不知使了什么手段，变成了向云南总督府借的。

1868年1月8日，考察队离开昆明。10天后，考察队抵达会泽。在会泽，队长拉格利病倒，考察队留下拉格利，继续前行，越过金沙江，到达四川会理地区，绕道丽江前往大理。

在大理，杜文秀答应接见考察队，但在进入大理城钟楼前的时候，考察队和杜文秀的兵士发生冲突，原因是杜文秀的兵士想要摘下考察队队员们的帽子，让远远站在钟楼上的杜文秀看个清楚。进入大理城后的第二天，考察队被杜文秀驱逐，落荒而逃。逃到喜洲时被杜文秀的卫兵追上，原来，考察队原先答应要送给杜文秀一把左轮手枪作为见面礼。如今，杜的卫兵前来索讨那把左轮手枪。考察队不给，杜的卫兵想用钱购买，考察队还是不给。双方对峙良久，杜的卫兵离去。考察队继续逃跑，离开大理。回东川的路上得知队长拉格利病死。1868年4月3日，考察队回到东川，7日，离开东川。1868年5月9日，考察队离开宜宾，6月29日回到西贡。

这就是法国湄公河考察队在云南的大致行程。从1867年10月进入云南景洪、思茅到1868年5月初离开滇东北，考察队在云南大地行走7个多月（在此期间约一个月在川西，不计）。

仔细阅读《加内报告》中行走云南部分，会发现他们对云南充满敬畏。这有两个原因：其一，云南的山川雄奇壮丽，常让他们由衷感

南嘎河上的中国式石拱桥 / 路易·德拉波特

加内对这座“优雅、坚固”的桥赞不绝口，认为柬埔寨人似乎不知道怎么造拱桥，而中国人更有技巧一些。

叹；其二，和湄公河下游的柬埔寨、老挝等国家相比，云南有着高度的文明。这种文明，不仅在思茅城、石屏城、云南城、大理城等“真正的城市”中的建筑艺术上得到体现，更加体现在他们所接触过的云南上层人士身上。加内们发现，在柬埔寨、老挝等地，连国王都会敬畏讨好他们，但在云南，他们不可能享受这种待遇。因为他们在云南遇到的上层人士（主要是各地官员）只会敬畏他们的器物（其中最主要的器物就是西洋武器，比如左轮手枪，从思茅同知到马如龙将军、杜文秀大帅都是如此），而不会敬畏他们的文化。因为虽然没有明说，但加内们能够感受得到这些人的那种自信，那是一种来自他们关于自己民族历史、传统和文化深处的记忆而产生的自信。这种自信，和安南人、柬埔寨人、老挝人、缅甸人相比是那么不同。尽管，在加内们看来，中国人，或者说云南人的这种自信，其实只是一种傲慢。但在中国的边疆——云南大地行走，他们势单力孤，不敢，也无法挑战这种傲慢。而加内们的这种感受，也符合当时中国上层人士的普遍心态。经过两次鸦片战争之后的中国人，已经明白自己在器物文明上大大落后于西洋，但依旧不愿意自己在制度、精神层面上输于西方。所以，在平息太平天国运动掀起的巨大战乱之后，中国开始了称为“洋务运动”的新政，希望在器物文明上赶上西方，但尚不想，也不愿在制度与精神层面上进行任何革新，因为中国人对此依旧拥有足够自信。

加内们在云南行走，另一个感受就是这个地方的怪诞。这不用多说，中国的文化风俗对一群欧洲人来说本就是怪诞的，何况，云南还有那么多少数民族。不过，真正让加内们感到怪诞的并不是云南少数民族的各种奇风异俗（相反，他们对云南少数民族还有一种人类学的热忱），而是云南存在的中国文化和西方文化的巨大反差。比如，当时的法国名义上也是一个由拿破仑三世统治的帝制国家，但人权、平等、博爱、自由这些理念早已深入人心，连皇帝本人也不能违背，但在集权制度的大清帝国边疆，等级制度的森严和对下层民众的残酷压制却让这群法国人瞠目结舌，心理上难以接受。考察队发现，在云南，官府派给他们的挑夫是不给任何报酬的，有时，甚至是抓来的。每到一个目的地，当他们发给挑夫工钱的时候，那些人都无比吃惊。而在昆明前往东川的路上，云南总督府派给他们的官差刚走到郊外的大板桥，就趁考察队不备一哄而散了，因为他们根本不知道到了东川之后能得到一大笔工钱。

因为东西文化之间的巨大差异，考察队在云南行走的时候带着一路强烈的乡愁。这样的乡愁，使他们面对云南大地的美丽风光时，不断联想到故乡的一个个地点。比如，来到思茅城边时，年轻的加内发出“如果我在此次旅行当中有一死的话，我愿死在这里，就像内波山上的摩西，最后看一眼迦南的大地”这样的感叹。思茅城与思茅坝子，和摩西眼里的迦南有什么关系？但在加内眼中，经过基督教文化的过滤，这个根本不恰当的类比也就自然而然了。离开思茅城，刚走了几里路，上了山，看到路边的风景，加内又忍不住产生另外一个同样不恰当的类比：“我们恍惚到了普罗旺斯。”到了石屏城，加内对城中的建筑艺术赞叹不已，感叹这里是东方的威尼斯，为什么威尼斯不派人来这里学习学习。这些类比，被云南开发旅游业的某些地方广泛引用，拿来给自己脸上贴金。殊不知，这些类比并不恰当，它们只不过是几个法国人在云南大地上孤独行走，聊以对付乡愁的蹩脚联想。

精确、崭新的记录，法国湄公河考察队留给云南的最大遗产

1866年6月从西贡出发的这支湄公河考察队，是由法国海洋及殖民部指派，刚刚在中南半岛一隅站稳脚跟的法属交趾支那总督具体策划的一次活动。目的是想搞清湄公河是否能够通航，是否能打通一条从云南到湄公河入海口的蒸汽船贸易航路。这个任务，其实在考察队走到柬老交界处的马勒险滩和孔埠瀑布时就已结束了，结论很清楚：这是当时不能逾越的障碍，湄公河不可能通航。剩下的行程，只是次要目的——考察湄公河进入云南沿途的地理和民俗。在云南，考察队得到一个意外的发现——元江、红河可以通航，可以从云南元江到达东京湾（北部湾）的入海口。但这个发现对当时的法国毫不重要。当时的法国，在欧洲最大的地缘政治对手是老牌殖民国家英国和正在迅速崛起的普鲁士王国（三年后就爆发了普法战争）。而在中南半岛，法国只是刚刚在湄公河入海口处站稳脚跟，要进一步开拓这里的殖民地，法国要忙着对付安南、暹罗、缅甸这几个强大的王国。当然，随着法国势力向北方扩张，和以云南、广西边疆为基地的大清王国彻底摊牌是迟早的事，但这毕竟不是眼前的事。所以，这次考察活动并未受到法国政府的足够重视，很长时间内，关于这次考察活动的档案文献都尘封于法国国家档案馆的众多文件之中，不见天日。直到20世纪八九十年代以来湄公河流域旅游热兴起之后，这次活动才受到广泛重视。如今，在湄公河旅游的

不少西方游客，几乎每人手捧一本当年法国湄公河考察队的报告，那样子就像捧着一本中南半岛历史风俗的《圣经》。而在中国，这份报告至今没有得到足够重视。在笔者有限的视野中，至今，这份报告的完整中文版都尚未出版。不能不说，这是一件非常遗憾的事情，因为对于19世纪下半叶的云南历史，这是一份弥足珍贵的文献。因为，考察队中的至少两个人——加内和路易·德拉波特分别为云南留下了珍贵的历史文化遗产，它们都无一例外地呈现出精确而崭新的风格。

先说精确。和普遍注重实证精神的西方学者与崇尚写实风格的19世纪西方画家一样，加内和路易·德拉波特的记录风格是毋庸置疑的。考察队每到一地，稍稍安顿下来，队内的两个人，“文字记者”加内和“摄影记者”路易·德拉波特都要忙碌起来，加内写他的日记，路易·德拉波特完善他的写生草图。回到法国后，根据记忆，加内继续撰写他的《湄公河考察报告》，路易·德拉波特继续完善他的那些草图，最后把它们变成两百余幅精美的铜版画，其中，近百幅作品是描绘云南风光的，其中二十余幅是描绘普洱大地的。《加内报告》的文字，和中国的那些习惯诗意化、概括化、模糊化描述云南的状元、进士、举人、秀才们不同，倒是和一位来自浙江的明朝布衣——徐霞客对云南的描述有些神似。他们对云南的描述，都是写实的，具有强烈的记录精神。今日，如果我们要了解1867年发生在考察队途经的一个个云南县城里具体的事情，《加内报告》是最值得信赖的文献。至于路易·德拉波特的铜版画，更是弥足珍贵。它们每一幅都有写生的基础，再加上西方绘画的透视技法与精细刻画，使每一幅画作都具有类似照相的效果。路易·德拉波特来到云南的时代，照相技术虽已发明，但很不成熟，那些照相的各种复杂而沉重的设备，不可能由考察队随身携带。但作为队中的“摄影师”，路易·德拉波特依旧用自己的高超技艺和非同寻常的敬业精神，出色地完成了自己的“摄影”工作。他的画作，用中国画家的标准来看，或许过于老实，缺乏意境、灵性，但放到今日，我们却要多么感谢他的老实！正是因为他的老实，让我们今日对过往时光中云南大地的各种飘在空中的诗意想象，有了可以落眼的具体地方。而更加令人感叹的是，今日的云南版画，已罕有路易·德拉波特的写实精神。各路的版画家们，不约而同地玩抽象、玩概念、玩现代、玩符号。在各种玩得令人眼花缭乱的“云南元素”中，却让人很少能够感受触摸到真实的云南。当然，由具象到抽象，由写实到符号，这是艺术发展的自然路径，云南版画发展到今日，或许才进入了所谓的自由境地，成为一门真正的艺术。但无论如何，写实精神的缺席，总难免令人心生遗憾。或许，这不能苛求今日的版画家们。毕竟，作为一门艺术，审美是第一

思茅大牌坊 / 路易·德拉波特

因为东西文化之间的巨大差异，考察队在云南行走的时候带着一路强烈的乡愁。这样的乡愁，使他们面对云南大地的美丽风光时，不断联想到故乡的一个个地点。比如，来到思茅城边时，年轻的加内不禁发出“如果我在此次旅行当中有一死的话，我愿死在这里，就像内波山上的摩西，最后看一眼迦南的大地”这样的感叹。思茅城与思茅坝子，和摩西眼里的迦南有什么关系？但在加内眼中，经过基督教文化的过滤，这个根本不恰当的类比也就自然而然了。

位的。路易·德拉波特那个年代，云南工业化还是一个遥不可及的梦幻，大多数人还闻所未闻。大地的一切，还带着原初的色彩和轮廓，偶有几座城郭，也焕发着古老的、似乎千年未变的色泽，大地和城郭中行走的每一个人，都身着古人的装束，流露着古人的表情。这一切，天然带着古老的审美色彩，一位画家用不着挖空心思玩什么抽象和符号，他越是写实，作品的审美色彩就越是沧桑而厚重，就越有可能成为真正的"绝版"。

再说崭新。和同时期产生的云南历史文献相比，《加内报告》和路易·德拉波特的铜版画有一种令人耳目一新的感觉。这不仅是两人精确记录精神产生的阅读和观赏效果，更重要的，是两人第一次以现代文明的眼光打量云南的结果。深受欧洲现代文明洗礼的这两位法国年轻人，他们对古老的云南大地，打量的目光是好奇而热诚的。虽然他们肩负着为法国交趾支那殖民政府服务的使命，但他们毕竟是年轻人，到云南的时候，一位23岁，一位24岁，年轻的他们，天然具有法国人浪漫的理想主义激情。对眼前的云南大地，他们心情复杂，但都具有圣徒摩西式的悲悯。面对等级制度森严，饱经战乱、瘟疫、贫困之苦的云南民众，他们有一种朴素的同情。

在中南半岛和云南行走，面对战乱这样的灾难，加内曾经发出这样的疑问：欧洲也有战乱和流血，但欧洲几乎每一次大的战乱和流血之后，都带来社会的巨大进步。但在亚洲，情况却不是这样，战乱和流血很多，但却毫无意义，极少带来真正的社会进步。对此，考察队里面的这些法国人，大多有一种类似圣徒摩西的激情（早在法国考察队进入云南之前，就有不少法国、英国神甫进入云南传教），想要用西方的文明之光带领这方大地的民众走出"埃及"，把这片大地改造成流淌着现代欧洲文明的甜蜜之地。或许，在加内们的心中，他们此行的目的，正是和英国人争夺这块各自的上帝应许之地。

怎么评说这样的激情呢？这里面，当然混杂着欧洲文明式的傲慢和殖民主义的贪婪和野心，但同样不容否认的是这种激情里的悲悯和人道主义精神。同样的激情，在路易·德拉波特的铜版画里流淌。和云南、贵州、广西这些边疆省份差不多在同一个时期产生的中国画家为政府绘制的各种形貌怪异、丑陋，有时甚至青面獠牙的夷人图谱、百苗图谱中的少数民族不同，路易·德拉波特版画中出现的云南和中南半岛的少数民族大多体格健壮、形态优美、神态坚毅，有一种雕塑般的美感。不难想象，描绘这些少数民族的时候，路易·德拉波特的心中，不仅流淌着一股人类学的激情，也流淌着一股宗教般的感情——他知道，他目击和描绘的这些人，虽然和欧洲人大为不同，但他们依旧是上帝塑造的子民。

总之，不管是技法还是心理上的原因，都造成了《加内报告》和路易·德拉波特版画对云南记录的客观效果——精确而崭新。而产生这样的效果，最深刻的原因却是他们第一次以现代文明的眼光打量云南的结果。诚然，数百年前，欧洲人马可·波罗来过云南（对此，学术界至今仍有争论，有学者认为，他对云南，甚至对整个中国的描述都只不过是道听途说），但他对云南的记录带着中世纪的古老猎奇味道，而丝毫没有现代性的感觉。

正因如此，1867年经过云南大地的那支法国考察队是值得纪念的。因为他们是一群内心热诚的年轻人，因为他们曾用热诚的目光深情打量过云南的大地，更因为他们留下了《加内报告》和路易·德拉波特版画这样精确而崭新的珍贵文献。

而对于普洱，《加内报告》和路易·德拉波特就更加值得纪念。从10月18日到思茅至11月底离开他郎（墨江），考察队在普洱大地上行走的十余天里，加内详细记录了经过的思茅、普洱、墨江三座古城和磨黑盐矿、墨江金矿两个矿区以及沿途所见的风光、当地官员和少数民族。而路易·德拉波特也为我们留下了取材于普洱大地的二十余幅精美铜版画。今日，这些记录和铜版画成为我们回眸那个时代的普洱大地弥足珍贵的文献依据。尤其是路易·德拉波特的铜版画，形象而细腻，生动而朴实，优美而精致，显得更加稀有难得。其中的许多作品，如思茅城的街道、牌楼，在山坡上俯瞰的普洱府城、磨黑的盐井小村、群山苍茫的茶马古道上艰难行走的马帮、他郎城、墨江的哈尼族少女等作品，早已成为深深印在人们心里的昔日普洱影像。诚然，今日的普洱大地正在日新月异地改变，并且变得越来越美，越来越现代和时尚。但那些古老的影像依旧不会磨灭，并且显得更加珍贵。正是因为它们，给我们留下了普洱大地影像的根基。心中留有这样的根基，我们内心才会流淌一种古老时光的诗意，让当下和未来的时光充满一种必不可少的苍茫与柔软。

一点后话

法国1866年湄公河考察队正式成员名单及其命运：

拉格利，时年42岁，队长，海军舰长兼驻柬埔寨代表。1868年3月在云南东川病死，终年43岁。

安邺，时年27岁，副队长，法国海军中尉，回到法国后著有《柬老考察报告》和《老挝、云南考察报告》。1873年返回越南，在处理法国商人与越南民众之间的冲突中被打死。

索瑞尔，时年33岁，医生，植物学家和探险策划专家。1911年去世。

儒伯，时年34岁，医生，矿物学家。1893年去世。

路易·德拉波特，时年24岁，画家，海军军官。回法国后重返柬埔寨，成为世界上最早的吴哥专家。1925年去世。

加内，时年23岁，法国外交部代表，青年学者。1873年去世，未完成的《湄公河考察报告》成为这次考察活动最为著名的报告，影响力远超副队长安邺的报告。

尽管上述的6人探险队对湄公河流域的考察相当详细，但却没有真正考察到湄公河的源头，直到1900年，俄国探险家彼得·库兹米奇·科兹洛夫（Pyotr Kuzmich Kozlov）才考察到湄公河源头附近。1994年，法国探险家米高·佩塞尔（Michel Peissel）终于在一个高山隘口上找到了湄公河的源头。

经过数次对越南的战争和一次对中国的战争，20 世纪初法国成立了法属印度支那（French Indina Cina），控制了湄公河流域。1954 年奠边府战役后，法国势力彻底退出湄公河流域。虽然费尽移山心力，许多年轻人命丧他乡，法国政府依旧没能变成摩西，带领湄公河流域走出“埃及”，变成流着奶和蜜的上帝应许之地。

2001 年 6 月，法国湄公河考察队到达云南边境 134 年之后，湄公河国际航道正式通航，法国考察队认定的蒸汽时代不能实现的湄公河通航梦想在工业化、信息化时代实现了。

1968 年 5 月，法国湄公河探险队到达汉口时的集体像，后排左起第一人为加内。队长拉格利因病留在东川后，3 月间在东川病逝。

1895年亨利·奥尔良普洱行

〔法〕亨利·奥尔良　著　龙　云　译

我想到的是在李仙江之滨沉思默想和驻足休息的那些时光，那心醉神迷、物我两忘的内心感受。

转过一个弯，思茅就出现在我们眼前：面前是一个广袤的大坝子，从蒙自过来我们还是第一次见到这么大的坝子。我们终于可以轻松地呼吸了。中间是一个土包，街市就在低缓的山坡上铺展开来，薄雾袅袅，依稀可辨，恰似轻纱掩面。灰色的屋顶将白色的墙壁分割成小块小块的三角形，令人耳目一新。满眼的绿色，满眼的苍翠。山顶上，大树团团簇簇，掩映着互不相连的宝塔。

3月26日，我们到达了黑水河左岸，只见浑红的河水滔滔奔流，河宽约80米，两岸峰峦如聚，一派青葱，但没有红河两岸的山峰那么高。我们刚才沿河而下的小溪流清澈白润，跟这里的河水颜色形成明显的反差。但在东京湾地区，黑水河的河水又褪掉了色泽。黑水河在这里叫作李仙江，上游称为把边江，下游称为沱江，从这里走八天水路可以到达莱州。这里的居民都听说或者都认识我的朋友德懊万赤。大家聊到了东京湾，一席话使邵不胜伤感。他想，从这儿弃岸登舟，八天后就可以抵达东京湾了。我不敢恭维他的地理知识，他以为西贡和东京湾近在咫尺。两个越南人十分纳闷，我们到底要把他们带到哪儿去呢？我们经过的地区平淡无奇，大同小异，到底又有什么益处呢？

我们分几次乘坐长长的独木舟，很容易就过了河。牲口都是凫水过河，它们开始做这种练习了。有两头畜生脾气很犟，只好把它们的龙头拴在了船尾。驮茶的骡子每头付钱五文，行人的价格不固定，给点小费就了事。

离开黑水河的时候，我情不自禁地像安南人那样回首翘望，朝后方不无遗憾地看了几眼。但我所感受的悲怆和他们绝对不一样。我想到的是在李仙江之滨沉思默想和驻足休息的那些时光，那心醉神迷、物我两忘的内心感受。

我坐在江边的石头上，领受着脚下激流的呜咽哀怨。骡子待在我们周围，静静地等待着过渡，尾巴不停地摆来摆去，驱赶着徘徊不去的苍蝇。在这惬意舒心的环境里，我渐渐地陶醉在周围简洁纯净的氛围中，仿佛在流连忘返。举目前望，我觉得发现了一个全新的世界，一个陌生的世界。帘幕散开了。我仿佛遇到了上古的苦行者，希腊圣山的隐士，抑或印度的苦行僧。随着马蹄声渐行渐远，我总是试图回到过去的氛围中，总想分析我的种种感受。我酝酿着新的观念，我操着另外一种语言，部分印度和中亚——也就是上亿人——的科学与生活于我眼中已是豁然开朗。我几乎接受了涅槃的观念……

夜里经历了一场危险，我也回到了现实世界中。手下人说这里虎多为患，就点燃了茅屋周围的茅草。火越燃越旺，我们只得开始灭火。但已经为时已晚，我们的周围已是熊熊火焰。如果说这样做笔记可以节约蜡烛，那也只有在没有风的情况下才行，那才能使我们的行李免遭火患。

3 月 28 日，我们抵达了勐烈。石板路宽阔平坦。我们经过一个美丽的地方，小丘起伏，山坡低缓，草木葳蕤，树林的形状和树叶都让人想起故乡的景观。转过一个弯来，扑面而来的是茅舍土屋，周围是密密麻麻的甘蔗林、棕榈树和蒲葵丛，一条溪流清澈见底，滋润着这片林子，小溪两岸是团团簇簇的竹子，似乎置身于法国的某个地方。山沟里，水田纵横交错，在阳光的照耀下闪闪烁烁，宛如一面面明镜，只有那翩翩起舞的蝴蝶和披红戴绿的小鸟让人猛然想起，原来我们身在热带啊！

勐烈是一座汉族小镇，不如迤萨镇那么大，坐落在平原中间的一座山冈上，房子大都是土木结构，一楼一底的吊脚楼。我们住进了一家不错的客栈，占了一间比较干净的仓屋权当卧室。当地人马上就告诉我们，以前有两个法国人来过这里，根据他们的描述，如果当地人还记得名字的话，其中一个人应当是巴维，另外戴着肩章的那个人汉语名字叫作马，几个月前他们从莱州来到了这里。我们旅行所过之处，到处都可

1895年3月26日，亨利·奥尔良一行渡过李仙江，从红河州绿春县进入普洱大地。李仙江发源于无量山，上游由把边江与阿墨江汇合而成，入越南称黑水河，全长974公里。

以了解到他们经过时的情况，巴维留下了极好的口碑。我们应该感谢这位法国在印度支那事业方面的宣传者，感谢他使祖国的名字为人了解而受人爱戴。我未能遇到他十分遗憾，我多么希望能与这样受人爱戴的同胞握一握手啊！他们为了国家的利益而辛苦劳作。

我们庆幸他们经过了勐烈，我们走的路线彼此不同，却在这里不期而遇。我们双方都为了共同的事业而努力奋斗，我们在这里有了一个交汇点，我们还可以开辟新的路线，填补地图上红河与湄公河之间的大片空白区。在勐烈停留的三十六个小时里，我们跟当地居民和官员相处十分融洽。我们还跟当地军事长官李大人交换了地图和礼物。这里不像迤萨镇那样，人群没有把我们围个水泄不通。

29 日是逢场天，我们可以了解一些商贸的情况。那里有不少豹子皮出售（一两银子一张），还有野猫子和穿山甲。我看见一个吸鸦片的人正在卖一个双角犀牛头，那是在十里外捕杀的。

当地出产一种黑棉布，每家屋前晒着大片大片的布匹。棉花来自景洪，这里的卖价是十三两银子一担，盐来自马街。当地种植甘蔗，盛产一种圆糖，二十五个铜钱一斤。此外，还有云南省府销过来的织锦，欧洲商品，如英国的针和广东、云南省府运过来的纽扣。

土著居民也卖小樱桃、可以吃的淡水小贝壳、大米、本地产的小圆沱茶、敬神用的香。当地的烟草像嚼着吃的烟草那样绑在一起，两钱银子一斤。雪茄烟叶来自蒙自。还有竹笋、淀粉、调味用的生姜、蔬菜以及上东京湾的斜纹土布。我还看到了少许印花棉布、木梳子、烟斗和火石。周围很少种植鸦片，大量鸦片来自景洪和缅宁，一两银子二两鸦片。

我很难对马帮的活动进行估算，根据掌握的情况，除三个月雨季之外，每月大概有五百头骡子从这里过往。

30 日早上，我们换了三头牲口，随即又出发了。有几个马夫腿上带着伤口，脚上磨起了泡，他们得到了一定的休息。要不是人马需要休整，我们就不会在勐烈停留。马帮住在城里通常不好，早在出发的时候我就清楚地看到了这个现实。昨天夜里，马夫们上演了一幕闹剧，还差点转变为悲剧。

昨天晚上，马锅头发现袋子里少了一吊钱。他怀疑一个绰号叫作“满好”的马夫，也是我们比较满意的一位马夫，偷了他的钱。马锅头既没有通知我们，也没有征求我们的意见，更没有什么真凭实据，就把所有的马夫召集起来，一哄而上把嫌犯捆绑起来，把身子和手臂吊在了柱子上。这个可怜的人就保持着这样的姿势过了一段时间，他连声否认，喊冤叫屈。虽然同伴们跟他朝夕相处了一个月，过着同样的生活，吃着同一锅饭，经历了风风雨雨，却没有一个人站出来主持公道。

古道上的匆匆行人。与1867年的那支法国湄公河考察队相比，亨利·奥尔良考察队行走的路线更加细致。

拂晓时分，满好哭着来见我们，给我们看他红肿的胳膊。说实话，他也比别人好不了多少，一样做得出这种伤天害理的事情。现在，我们只得去核实已经发生的事情。我们问遍了所有的人，也没有找到一点蛛丝马迹可以证明满好有罪。我们谴责了马锅头，他对我们的生气很诧异，我们要求继续留用这个嫌犯。这个故事几个星期之后才最后收场，结尾比开头更加精彩和富有戏剧性。

离开勐烈后的两天，行程十分单调乏味，景色千篇一律，山峰美丽多姿，其下溪流回环，半山上的村落苇墙茅顶，破破落落。我们住在摆夷人家里，没有什么稀奇的地方。路途中唯一的事情就是歇气的当儿，一匹骡子当面踢了我一脚，幸好只是眼眶眉毛处被划伤了一块皮，不然就大祸临头了。傍晚时分，牛群回村了，我们禁不住一阵伤心，我们现在吃不上牛奶和牛肉了，只有天天吃米饭、鸡蛋、鸡肉，偶尔吃上一次猪肉。

4月1日，我因为迷路而掉了队，碰见了几天前离开我们的马夫，他一路远远地悄悄地尾随着马帮。他说也跟我们一样要去思茅，要到那里去找活干。不排除这样的可能，但我还是提醒手下，要他们一定照看好行李。不久就发生了偷盗事件。特别奇怪的是，要不是因为太肮脏就是因为太悲惨，这名马夫身上散发出十分恶心的味道，简直要拒人于几米之外，跟其他同胞身上的味道大相径庭。

下午，我们照例歇脚吃点心，也顺便让牲口缓缓气，随后又收拾包裹准备启程。天空的雨酝酿了好一阵子，终于下了起来，雨下得很精彩，电闪雷鸣，大风冰雹，全都赶上了，炮声隆隆，枪林弹雨，无奇不有，疾风骤雨，来势凶猛，十分危险。冰雹也越下越大，有鸽子蛋那么大。最滑稽的就要数商队马帮的模样了。我裹在长长的黄色雨衣里面，弓腰驼背，尽量让背部去承接那万箭齐发一般的大雨冰雹。大大的毡帽挡住了一部分视线，虽然一副落魄的模样，我却尽力地东张西望。牲口都受了惊吓，东一头西一头失魂落魄，又被风吹，又挨冰雹，它们紧紧地夹着尾巴，耷拉着脑袋。大伙儿都设法想把牲口赶回来，马夫们也都躲在毛毡子下面避雨。确实，如果没有大衣和帽子，这样的冰雹将会十分危险。透过帽子，我感觉到冰雹狠狠地砸在头上，裸露在外的大腿则受到了更大的压力。只一会儿工夫，马夫们的脸上就印满了长长的红色条纹，像刀伤，又像流血的伤口，这就是帽子上面的缓冲力给他们的脸上增添的色调。

那两个安南人更加大难临头，他们从来没有见过这种阵势，至少说没有见过这么来势凶猛的场面。他们谈论着自己的感觉，还把冰雹送到嘴里尝了尝味道。这时候，冰雹越下越大，风越刮越猛，他们一动不动，呆如木鸡，愣愣地躲在雨衣里面，活像两只戴着帽子的卷尾猴。

我们全都不约而同地背对着风，朝向同一个方向，人和牲口都无一例外。冰雹来得迅猛，退得及时。地上全是白花花的一片，冰雹奇形怪状，有的像透明的豆子，中间的核闪闪发光，有的像核桃，四面竖立着尖尖的冰晶。楠说："真遗憾，不能将冰雹保留下来。"

只一刻工夫，前面小溪的水位就涨高了一倍，激流汹涌，煞是好看。我们明白了，雨季的时候是不能走这条路的。路上湿漉漉的，像抹了油一样滑。在低洼地段还必须蹚过烂泥潭，那泥潭深得都快陷到牲口的肚子了。

天公好像故意捣乱，行李什物又不时地掉进水里，手下人都有点不知所措。最烦人的是道路十分狭窄，有时候还必须在路边岩壁上铲上几铲，驮着行李的牲口才能勉强通过。

在一个拐弯处，两个土著居民还无偿地帮助了我们。这有点让人摸不着头脑，不过我们看得清清楚楚，这不是纯血统的汉族人。我们碰到的所有困难中最让人头痛的无疑是弗朗索瓦，他和坐骑一块掉进了烂泥中，接着又翻滚进了河里面。他自己很明白，如果抱怨谁也不会搭理他，所以表现还不算糟，他那漂亮的绒毛鞋子糊满了脏泥，一副惨兮兮的样子，可他还是朝我们赔着笑脸。我觉得，他已经铁下心来，现在受到洋人的惩罚，哪怕是受尽艰辛，也只好自己认命。他勇敢地骑上那灰色的矮马，走到了大队人马的前面，一路紧走去寻找住处。

赶骡子驮运鲁克斯行李的那个善子叫喊着脚疼，十分可怜，但究竟是怎么回事又无从得知。他蹲在马鞍子上面，简直就像一只猴子，头发露在风中，全身上下邋遢肮脏，颈项、衣服和泥土的颜色几乎大同小异，无可分辨，他信马由缰向前走去。不知道为什么，他身下的牲口一会儿向前，一会儿向左，这儿停一下，那儿停一下，一会儿又跟上一头驮运行李的骡子。常常需要马锅头亲自动手，才能把这两个奇怪的组合——我差点说两个动物——重新赶上路，他们脑子里似乎少了一根神经。

我们懵头懵脑地来到了一个汉族小村庄，居民不冷不热地接待了我们，把我们安顿到一栋单独的房子里面。弗朗索瓦向他们做了正式的承诺，说要付给他们报酬，他们这才借给我们两间相连的房子。

雨停了，我们到村庄外面转了转。只见一棵大树脚下的洞里面，几根木棍支撑着一个竹编的平台，上面放着香烛，这是一个小小的祭坛。祭坛的两边是一些部分去了皮的木桩，顶上靠近树的地方是我们经常见到的那种用篾条编成的竹栅栏，很有老挝的情调。见到这种对树神的崇拜，我想到了祖先高卢人对森林之神类似的崇拜。这是旅行中最有趣的一种研究，可以从中看到目前已经相当发展的民族过去的历史，可以在野蛮民族的身上看到我们祖先和那些开化民族昔日曾经走过的历程。因此，有时候可以从跨越几千年纵横数百年里在千差万别的种族身上找到生活的相同阶段。可能在向西部挺进的过程中，当我们逐渐远离严格意义上的中国的时候，当我们深入那些跟开化民族鲜有来往的土著居住区的时候，会像在日本北部岛屿和西伯利亚一样，见到铁器时代抑或石器时代的风俗和景观。

4 月 2 日，经过石灰岩山地的长途跋涉，我们翻过了一个山口，来到了湄公河谷地。幽深的河谷在我们的脚下铺展开来，青烟迷离，若隐若现，我们仿佛置身于一个巨大的深渊前面。手下人借口说下一个村子还远在六十里之外，都流露出想早点找个村子歇息的意思。我们准备露营，只好强迫他们继续赶路，繁星闪烁的天空难道不是最好的帷幕吗？

直到六点半我们才找到水源，停下来开始搭帐篷。宿营地的夜景很好看。安南人用大衣和树枝支起了一个小小的窝棚，窝棚的底部是一块巨石。马锅头睡在马鞍子下面，四面围着毡子，他赤裸着胳膊，懒洋洋地躺在鸦片烟雾中，什么事也顾不上了。马夫们也都睡在行李下面。鞍鞯已经卸了货，横着用木棍一撑，搭上一块遮布，弗朗索瓦就这样搭了一个小窝棚。他现在做事冷静一些了，这也是他应该认真做到的。为了节约蜡烛，我的搭档布利弗和博士——我们在东京湾这样打趣地称呼鲁克斯——每人点了一盏小小的鸦片灯，正忙着观察月亮和木星来确定经线。我对白天的事情还不算恼火，手下人害怕在野外露营也很正常。

直到今天，我们已经走了五百里的探险里程。在蛮耗的时候，谁说有一条路通向思茅呢？旅行就是这样前途未卜啊！这条路倒也不错，行进的同时我们还做了些有益的活儿。

早上，我对善子说了一番话，大伙儿都很高兴。善子实在太脏了，我们只得把他赶下河去，他面对威胁乖乖地洗了个澡。

我们来到了一个巨大的谷地里面，当地的摆夷居民种着水稻和烟草。

晚上，我们庆祝成功探险五百公里，晚餐喝了葡萄酒，最后还喝了咖啡，抽了一支雪茄。接下来是音乐会，尽管乐器很蹩脚，曲子还像模像样。我们听着听着，似乎找到了一种愉悦的东西，一直把我们带到

澜沧江畔累累白石。澜沧江中上游河道主要穿行在横断山脉之间，河流深切，形成两岸高山对峙、坡陡险峻的V形峡谷，河道中险滩急流较多。

了很远很远。

入睡之前，大家就着月光聊天，十分畅快。我们谈论着计划，仿佛正在梦寐以求的西部翻山越岭。大家都十分兴奋，不禁掏出了地图，翻看书籍，然后又赶快钻进被窝，免得失去我们已经获得的一切，好伴随着音乐到令人心醉神迷的梦幻国度去做一次走马观花的美妙旅行。

今天，我们渡过了河流，过河的场面十分有趣，善子和他的马做了一番斗争，终于取得了胜利。

善子一开始就下到深水区，马几乎只能游着前进，不禁害怕起来，不想游到对岸去，于是折过身，把善子带回了原地。骑士和马之间开始了新一轮的渡江和新一轮的争执，善子这回掉进了水中。可以想象，落水只不过是洗了个澡，摔得并不疼。但事情并没有完结，善子一手拽着马，一边用脚蹚水到了岸边。马并不乖顺，不想跟他走，善子又打又踢又骂，全都无济于事，马丝毫也不前进。两个家伙都倔强不屈，一个用嘴衔着缰绳，一个用手使劲地拖，直到我们全都过了河，他们之间才最终达成一致。

我们在一个风景如画的地方吃午饭。四围周遭是规整的山峦，一样高矮，简直就像是人们有意识排列的一样，呈现出半月状，上面覆盖着苍松翠木。在这些小山丘的下面，山湾里坐落着参差错落的村寨，坝子的中间是我们吃饭的山包，山顶上的松林中掩映着一幢简陋的房子，里面是一个土夯的祭台，上面立着沾满了鸡毛的石头，留着最近的祭祀痕迹。正前方是三截竹筒，里面插着没有燃尽的香烛。这大概是这些村寨共有的祀庙。这里的风景清新脱俗，不论是地势还是景致都让人想起顺化郊区令人神往的安南王陵。

次日，沿途风光依然美丽迷人。东坡上的山丘童山秃岭，西坡则是一片郁郁葱葱。高处是矮小的灌木，枝干扭曲，长着橡树和栗树般的叶子；谷地里，溪流边，植被葳蕤繁茂，大树上寄生着各种各样的植物，一派热带自然景观。

白天，我们又经过了一个罗罗村寨。

我们在一个风景宜人的地方投宿，窝拖全是崭新干净的房子，居住于此的汉人用橘子为原料生产烧酒。手下人马上就流露出一种淡淡的喜悦。我不想说我们正在绿洲之上，因为绿洲总让人想起沙漠，说我们在森林之中又不太合适，我却觉得就像在法国所说的乡村。我们禁不住想在村口写上一个标牌："橘香园""松林坡"，或者其他充满乡村情调的名字，然后在周末的时候穿着衬衫，一身清爽地来吃顿午饭。

村子后开垦出来了一片菜地，种满了蔬菜，有白菜、生菜、萝卜、茴香、南瓜。地是用土填平了的，有些地边上还打着树桩架着竹子，一根接一根用来引水和分水。棕榈树、石榴树、香蕉树、柑橘树，一排一排，一行一行，遮村盖屋。橘子树都修建到一定高度。中国人真是了不起的蔬果园艺家啊！这些园子上面靠近树林的地头，有一座玲珑小巧的塔，那里香烟袅袅，正祭祀着祖先。

6日，据说到思茅只有七十里地了。一大早，我就派马锅头和弗朗索瓦去订一个客栈，这一回他们没有抬杠。马夫们都准备八点钟出发。今天早上我们看着他们捆好行李，他们的血管里似乎注入了新鲜的血液，一切都做得快手快脚，不再闲逛游荡，没有废话瞎聊，没有浪费时间。他们好像与我们交换了角色，现在是他们在催着我们走，因为走完今天就到思茅了，要领钱了，还有烧酒、女人和鸦片。至于神圣的鸦片，这里是最适合不过的地方！尽可以心安理得地大抽特抽，根本不用担心受到打扰。

低矮的山丘宛如碧莲玉笋，杜鹃花香气馥郁，一片烂漫，水稻田随处可见，山寨村落鳞次栉比。今天大概是逢场天，男男女女川流不息地回来了，背着背篼，肩上扛着篮子。水牛摇着脖子上的木铃铛，这种木铃铛的钟锤露在外面，我曾经在老挝见到过。

这个地区更加炎热。这里有芦荟生长，进入云南以来我们还是头回见到。

转过一个弯，思茅就出现在我们眼前：面前是一个广袤的大坝子，从蒙自过来我们还是第一次见到这么大的坝子。我们终于可以轻松地呼吸了。中间是一个土包，街市就在低缓的山坡上铺展开来，薄雾袅袅，依稀可辨，恰似轻纱掩面。灰色的屋顶将白色的墙壁分割成小块小块的三角形，令人耳目一新。满眼的绿色，满眼的苍翠。山顶上，大树团团簇簇，掩映着互不相连的宝塔。在我们和城市之间，山脚下是惯常见到的墓地，小小的土堆坟茔数不胜数，石碑东一块西一块，十分罕见。这里不像在省城都会的郊区，那里的墓地犹如一座座巨大的碑林。坝子上面，稻田交错，田埂纵横，阡陌交通。顺着一条田埂路，我们来到了城市的入口处。

我们在思茅停留了四天，人和牲口确实都该休整几天。我们住在一家糟糕极了的马帮客栈，一溜院子，庭院深深，人住在一层房子里，里面是一个一个的小窝。第一天晚上，我住在拐角处的一间客房。这里老鼠为患，不计其数，墙上被老鼠弄得千疮百孔。四面八方的老鼠都在嬉戏嘶叫，追逐扭打，让人难以入睡。我只有逃避，躲到了鲁克斯的房

1895年4月，亨利·奥尔良一行历经一路艰辛后，终于进入了思茅城。

里，他那儿只听到零零星星的鼠叫声，老鼠还远不敢到我们身上来奔跑追逐。

但我们住的还是最好的客栈之一。有两名欧洲人曾经在这儿住过，据说昨天刚刚离开。又是奇怪的巧合！这是两个英国人，其中一个像是长官，根据我们掌握的情况，他们可能是从缅甸来的，准备经过普洱和大理回去。这条新闻使我们如释重负，我们一直担心探险活动被别人捷足先登，实际上正是旅行的大好时机。在云南，我们还遇到了好多相识。法国人和英国人之间在竞争，但法国人内部的敌对情绪却很严重。未知的地盘日趋缩小，要想到达未知的地区，就必须加快步伐。

直到现在，我们理应觉得满意。我们刚刚浏览了我们还未出版的第一章书，而且是在英国人宣称的不可穿越的地区。歌勒古写道：尽管他做出了种种许诺，最后也在蛮耗对面的红河右岸望而却步。而伯尔尼则说，在我们旅行的这个地区没有任何鸟道相通。事实恰恰相反，道路四通八达，就连最小的村庄也跟邻村有道路往来。

我们刚逗留了一天，就急着想出发了。城里面没有什么可看的地方，只是在临近的乡下还可以收集一些商业信息。大部分中国城市都大同小异，一样的店铺，一样的活计，雷同的街市，木制的牌匾，如出一辙的宝塔，塔前令人望而生畏的苍龙劲虬。散步时每走一步，都会被一大群神经兮兮的人围住，看热闹的人甚至挤满了客店，里三层外三层地把我们打量，只有用棒子才能把人流赶开，人潮从这边出去了，几分钟后又从另外一头钻了进来。就是再有耐心，你也忍不住会发火。

我们停留在这种局促的环境之中，路上沾惹的各种病痛也开始发作了，总的来说还不严重。但是，路上日积月累的疲劳一旦放松了就会显露出来：偏头疼、神经痛、胃痛、风湿痛，等等。我们觉得疲惫慵懒。一方面，没有赶路时的日夜兼程，没有接二连三的开心事情，我们只觉得心思早已飞向了远方。我们渴求呵护，这一念头令我们梦绕魂萦。我们感到了路途遥远，开始害怕就这样一直消沉、悲观失望。出发吧！上路吧！尽早上路吧！疲劳、痛苦和困难使我们危险的梦幻又烟消

1895年4月，亨利·奥尔良一行进入思茅城时，记录下来的思茅城街景。

云散了，又把我们的心思带回当下的境地。这是每个人的希望。

不幸的是当我们提出这个建议的时候，中国人都拖拖沓沓。他们都以为到了天堂，说在出发之前还有些必要的事情要做。我们跟地方官的关系倒是部分打消了等待的烦恼。这是一个很有教养的官员，他来自上海附近，彬彬有礼，想方设法地对我们热情，我们对他的盛情很满意。

我们设法向附近的土著居民问了些问题。一个罗罗人拿来了一个手抄本，他会读罗罗文，但对具体的意思不甚了了，他说那是从前的文字，大家都像对圣物一样地看待它。我请这个罗罗人为我写现代罗罗文。一个长着大圆脸的年轻汉族文人送给我们两包茶叶，希望为他解除脖子上的肿瘤。他毛遂自荐愿意捉刀代笔，他写了些汉字，然后念给土著居民听，土人再对照翻译写出罗罗文。因此，我们获得了一些有趣的文献资料。

那位书生并不是唯一向我们求医的汉人，很多人都来恳求给他们治病，主要是胃病。我建议他们戒鸦片烟，这个建议值得他们深思。

1895年4月，亨利·奥尔良一行笔下生活在思茅城内的老年妇女形象。

出发的日期最后定在4月11日。为了旅途得到神灵的保佑，为了旅途一路平安，马锅头在马夫们的帮助下在院子中间搭了一个棚子，给佛像祭献了一只鸡、一个猪头、一坛子烧酒和一些香烛。香当然燃完了，但鸡、猪头和烧酒只是摆给佛陀看一看，人们自己倒可以大快朵颐。

最后又出现了很多问题，差点拖延时间，耽误出发。首先是马锅头跟店老板结账时发生了争吵，争端的起因是三两银子，我让他们自己解决。然后又有一件事情更加严重。我们路上用的人手中间有一个回民，他不会打包裹拴行李，但干起活来是一把好手，而且他说话十分坦诚。在路上的时候，他当着面说弗朗索瓦把钱放进了自己的腰包，这种当面揭发更加激化了翻译官对回民的仇恨：他借口说这个回民抽鸦片，要我把这个“不吃猪肉”的家伙打发走。我不能接受这样的借口，马夫哪一个不吸鸦片呢？因此，回回人、弗朗索瓦和马锅头之间出现了激烈的争吵。回回人毫不畏惧，众目睽睽之下狠狠地给后两人一人一拳一脚。这就过火了。弗朗索瓦跑来跟我说，他受了莫大的侮辱（他没怎么说挨打的事情，因为我已经目睹），如果我们要留用回回人的话，他就坚决不走了。马锅头也跟弗朗索瓦串通一气。我们实在左右为难。一方面，没有翻译确实很困难；另一方面，我们又同情勇敢的回回人，他刚刚教训了这两个无赖，让他们俩收敛了一点。幸好回回人帮我们解了围，他主动要求离开。那就只有好好地付他钱了。

我们了解到，这儿买的两头骡子共付了120两银子，但骡子为我们做了很多事情，可弗朗索瓦和马锅头两人从中间得到了13两银子的手续费。他们没有哪一次买东西不提取这样的回扣。如果我们想继续赶路探险，那就相当于被偷了东西，自己也心知肚明，这就是我们的命运啊。没有这些人，我们可能过得还好一些，但我们的汉语那么差，怎么能够得到信息呢？真是令人伤心的国度啊！

最后，事情总算马马虎虎地解决了，我们上了路，地方官给我们派了两名士兵开路，还带着给各村寨头领的推荐信。

有四条路可以到湄公河，我们选择了直接向西稍微偏北的道路。

我们走出了思茅坝子，来到了一个迷人的地方：山色葱郁，灌木杂生，松杉交织，绿草如茵，簇拥着沟沟壑壑的庄稼地和一个一个的小院落，透过绿色的外衣，可以看到东一处西一处红色的斑驳痕迹。我们随处都有一种清新的感觉，那种北方的清新感觉，仿佛又找到了我们十分钟情的日本盆景的感觉。

11日晚上，我们在一座塔里面住宿，睡在色彩光怪陆离的泥塑神像脚下，有些怪兽形态丑陋，三头六臂，仿佛是想来恐吓我们似的。中国人这种多神崇拜是多么可悲啊！他们怎么这样阐释佛陀那高尚的观念呢？大部分塑像都丑陋可怕，让人讨厌。

12日早上，我们发现有三头骡子失踪了。根据马锅头的意思，骡子丢了当然是我们的过错，如果我们在思茅的时候把他推荐的那个人留下来，怎么会出现这种烦人的事情呢？我让这个逻辑荒唐的家伙先别说话，我打发手下人去找牲口。半天过去了，只找回一只脚被绊住的骡子。我们被盗了，心中十分懊恼，最漂亮、最强健的一头骡子被偷了。动身之前，我把村长叫来，告诉他说如果归还我们的两头骡子，我们一定好好酬谢他；如果他找不到那两头骡子，我们就要给思茅的长官告状。最后一句话把他吓坏了，如果我们向长官申诉，也就有了把柄可以惩罚他。

马锅头走在最后，监督着大家寻找骡子，第二天才赶上我们大队人马，仍然空手而归。思茅地方官指派给我们的士兵回去汇报偷盗事情去了。我们只有向丢失的骡子致哀，重新找回它们的机会不大了。

走在林荫道上，但见幽兰丛生，不觉心旷神怡。树枝上挂着一个个用树叶沾成的硕大的马蜂窝。

13日晚上，我们发现了一条巨大的石灰岩山脉，悬崖分为几层台地，长长的山脊线支离破碎，孤峰突兀，漏斗遍布，石峰壁立，更远处是真正的石梯路。松树林中，怪石嶙峋，重重叠叠，就像凉山附近令游人惊奇的石群一样。我们翻过山脉，在山那边的一个摆夷村寨停了下来。

我们见到的是全新的景物。设想一下，在一个巨大的盆子里面，芊芊的青草上是一堆堆累累白石，或是一簇簇松林，就像绿波荡漾的海洋里面参差不齐地耸立着一块块灰色巨石，断岩残壁，如枪似箭，玲珑剔透，有些裸露的岩石上还生长着矮小的灌木和蔓延的藤条。盆地内的植被美丽异常，爽心悦目，在石灰岩上变幻多姿，似乎要依靠粗犷和野性与之浑然一体。丝兰直指蓝天，勾勒出自己的剪影，正开着的花如扫帚一样。还有芦荟和仙人掌，枝干丛生，僵硬不柔，这种贫瘠的沙漠植物居然遍地都是，它原来最适合在墨西哥高原生长。这些人迹罕至的荆棘丛是野生动物的乐园，这里有鹿、松鼠、熊，还有一种山羊，我只见到了一只角。当地居民说附近有一个溶洞，在这一带堪称胜地，有人从思茅和普洱过来朝圣。我们让人带到洞中，弗朗索瓦先给我们谈了些神怪异力。这是石灰岩上的一个大洞穴，进口处的小房子是两个守洞人的住处，进洞后先上几步梯子，然后来到一个大厅里面，迎面摆着两座简陋的小宝塔，洞里面挂着黄布经幡，点着香烛，还有做工粗糙、色彩绚烂的佛像。守洞人打着火把，带我们来到后厅，指给我们看奇形怪状、千姿百态的钟乳石。中国人很惊奇于那些细小的天工造化，他们在钟乳石间隐约看出了两个神仙，弗朗索瓦忙不迭地弯腰磕头。还有些钟乳石代表蛟龙和大象，其中一个巧夺天工，敲打的时候还会发出响声。向导一个不漏地把这些奇迹讲给我们，走出洞来的时候我们也十分高兴。总的来说很美丽，但比老挝琅勃拉邦的岩洞要逊色许多。

晚上，村子里一头猪暴死，居民们都很高兴，开始跳舞。他们四个四个地手牵着手，围成圆圈，渐次或收或放，然后再分开跳四人舞，舞蹈缓慢优美，和着二胡的曲声，饶有节奏。

妇女们都在当观众。我们还未曾见过她们这样的衣着：她们腰间缠着一块横条布做裙子，上身穿一件侧面扣扣子的短摆小上衣，头上裹着宽宽的头巾，前面交叉起来，让人想起阿尔萨斯妇女额头上的头结，头巾的两头从背后垂下来，她们耳朵上戴着一个大大的木质圆环。身材矮小的摆夷妇女皮肤白皙，好像比汉族女子更加接近我们：如果来一阵胡思乱想，心猿意马，就觉得她们有些吸引力，禁不住想跟她们谈情说爱。这些人野蛮不化，至少说跟我们是这样，跟手下人大概不会是这样子吧！第二天早上，我们从邵的眼神猜想，他懂得老挝语，肯定捞了不少便宜。

晚会在歌声中结束了。即兴表演的人用假声学着娘娘腔，开始时声音高亢，然后又逐渐降低，好像要随着歌词的结束而结束似的，稍微休息片刻，同样的演习又开始了，同样的冗长单调。

15日，我们仍然在摆夷地区行进，居民说从云南省府来这里已经有百余年历史了。奇怪的是这里跟罗罗人聚居区一样，可以遇到从北部和东部迁来的居民，他们受到来云南大山里面避难的早期汉人的排挤欺压。对于居住在云南省的各个民族来说，云南之于他们就像以前的西藏之于动物一样，更主要是一个避难所，而不是一个创造发展的中心。

晚上驻足龙潭，村寨里正欢天喜地、张灯结彩。土司的女儿要出嫁，有些亲朋好友走了三天的路赶来祝贺。

我们在一座塔里面住宿，一座老挝式的寺庙，高高耸立的木顶，红色的柱头和木板大门镶金贴银。里面的祭坛前面是一个供桌，摆着烛台和小旗子，祭坛上有大理石和镀金的佛像，一律都缠着黄布，头顶上还罩着巨大的帷幔。神像的后面是三个石锥，都涂成了红色。塔里面的一个角落里还有一把椅子，那是祭师讲话的地方。天花板上缀着坠子、旗帜、布幔、帘幕、经文，装饰繁复，但并没有把老鼠驱赶开去，入夜之后，老鼠大摇大摆地来骚扰我们，迫使我们搬家。

另外，龙潭不仅仅是老鼠烦人。这里的居民与我以前见到过的老挝人不同，他们在狂饮烂醉后都十分好奇，太不拘礼节。他们很有特点，走遍狭义的中国地区，也没有见过他们这样的民族，几乎不怎么受临近居民的影响。要不是我们队伍里的人，我们都不觉得自己是身在天朝。

跟老挝一样，和尚都身着黄色袈裟，剃光头，手里拿着念珠。俗

从这张鲁克斯在普洱大地上考察时的“工作照”中可以看出，亨利·奥尔良一行在考察途中对资料、影像的搜集是较为翔实的。

世的人都在脑袋后面或者侧面留着发髻，有些人把头发裹在玫瑰色或黄色印花棉布的头巾里面，说明这些部族具有一定的独立性，可以不留辫子。几乎所有的人都文过身，从腰到膝满是密密麻麻的蓝色图案，看起来就像绣了一件正经八百的短裤；有些人胸前绣着蓝色的围裙；也有人像缅甸人一样，身上绣着红色的花纹、数字，或者在上身绣一个方框，里面是龙的图案。他们眼睛很直，皮肤有点黝黑，前额稍微突出，脸庞下部细长，鼻梁很突出，嘴巴小巧，有人留着胡子，嘴唇很厚，牙齿都漆成了黑色，嘴里咀嚼的东西把唾液都染红了，有些人脸上长着络腮胡，留着一撮撮胡子。小孩子的头发成栗色。

妇女跟昨天村子里的妇女一样的打扮，男人穿着小短襟和宽大的白色或者蓝色裤子，一直垂到了脚下。裤子上有蓝色、红色或黄色的花边。也有人只穿蓝色的毛质短裤。人人都穿有耳孔，耳垂出奇地大，耳环上戴着花朵，还塞满了干树叶，好用来裹香烟。有人戴着柔软的草帽，也有人在纽扣上或耳朵上挂一个写着汉字的银质小牌，这是思茅地方汉族军事长官给土司兵士的礼物。

折过一个弯来到河边，见到妇女正在河里面洗澡，就跟湄公河沿岸一样。手下人从思茅回来了，没有找到骡子。他们给我们带回了当地长官的名帖，建议我们不要去湄公河流域的土著部落，那里疾病和小偷泛滥成灾。弗朗索瓦已经吐过血，这条建议更是把他吓了一跳。我忙着去安慰他，答应给他药吃。次日早上，我们继续西行。

我们住宿的村子又是一派崭新的风貌。这儿的居民还是白族，但竹楼不是修建在木桩上，墙壁直接修建在地面上，屋顶两端的茅草顶都盖成锥状，一直延伸到距地面不到一米的地方。在阳光的照耀下，房子呈现出黄色或者金黄色，就像一座座巨大的土堆，如果不从整体上审视，还误以为置身于非洲大地。

晚上，我做起了医生。大家都来看病，必须分发很多药品。一个年轻人从龙潭追了过来，他兄弟身上的肉大块大块地往下掉，鼻子都掉了，希望我能救救他。哎！我在疾病面前无能为力，但又不想完全扫这

个尽心尽职的亲属的雅兴，难为他足足走了一程路，希望减轻他兄弟的痛苦，我给他一些萨罗，叮嘱他要用盐水清洗。

弗朗索瓦又吐了点血，马锅头的一条腿也浮肿了，我真钦佩他的耐力，他一直都步行赶路，而且始终忙前忙后。几个马夫腹股沟长了肿块，脚上也受了伤。不幸的是很难治疗，我一再告诫他们，可他们还是坚持把伤口裸露在空气中。邵的腿也不好，我给他点石炭酸，一会儿他就大声叫疼，他直接把纯酸敷在了伤口上，以为可以痊愈得快一些，真是雪上加霜啊！我试着用草木灰、鸡蛋清和蜂蜜来减轻他的伤痛，煎熬了一夜之后，次日早上他感觉好了一些，或许就因为强烈的烧灼才好得那么快。旅途的艰辛吓怕了两个马夫，夜里偷偷溜走了，还卷走了铺盖卷和鸦片烟。我们也无能为力，也不指望抓他们回来，只好继续赶路。我们穿过几道低矮的山脉，在林子里见到了孔雀。次日，我们来到了湄公河边。

骑着马行进在普洱古道上的弗朗索瓦。长途跋涉让亨利·奥尔良一行疲倦不堪，弗朗索瓦也在这时成了病号。

重见到这条亚洲的大河，我们真是心花怒放。这条河上，我们昔日的行动、要求和探险活动赋予了我们多少的权利啊！多少英雄都将自己与湄公河的名字无可争议地联系在一起，他们为了法兰西在这条河谷的先决权，甚至牺牲了自己的生命。多少出类拔萃的英魂啊！从玛纳、拉格雷、马西直到西藏使团的无名英雄，他们都为了祖国而扑倒在这条河谷里。透过这喧嚣的河水，那滋养着美丽富饶的印度支那的西藏雪水，我依稀在云朵里看见了三色旗，一切的过去于我来说又复活了，征服的历史历历在目。首先，在南部占领了交趾支那，然后往北部前进和探险。拉格雷开始的伟大使命，最后由加尔涅来拉上帷幕。玛纳、阿尔芒、内利和其他许多人都曾经在这里旅行过！占领的地盘也越来越广，支那王国也应运而生，安南也被置于我们的保护之下。但我们却放过了西部的缅甸。我们的军队虽然在东部取得了东京湾，但同时也牺牲了让・杜布衣的成果。英国人的胃口越来越大，于连・费利在湄公河谷又划了一些保留地。几年过去了，我国同胞获得的地盘似乎又丢失了。由于英国的扩张，暹罗已逼近顺化的门口，而外交部又在湄公河左岸要求土地。我们谨小慎微的外交部似乎对此视而不见，真是世事堪忧！必须要像马西那样牺牲生命，或者像指挥官伯利那样大胆地行动，才能唤醒我国外交部的麻木不仁。暹罗的军队被赶走了，缓冲地带的想法又不了了之，我们最后又让步了。

我们却得了外交上的胜利，我们应该担心工业上的失败。我们的邻邦很清楚，真正的殖民离不开铁路，已经开始铺设轨道了，英国采取了新的举动，我们应该以其人之道还治其人之身，修一条进入中国的铁路尤其重要。要修建铁路，我们比英国人更加有利，但害怕龟兔赛跑的寓言重新上演。未来留给我们的，我们一无所知，但可以预见的是，将来某个时候，中国这座大厦必将倾塌，获益最大的必将是最早抵达的人，也就是说拥有最佳交通方式的人。

想着这些，我耐着性子走得更慢了。马帮一到达，我们就带着去了湄公河渡口。我们一共乘两艘渡船，渡船大约 17 米长，2 米宽。行李和牲口分两次过渡，要把 16 头牲口都装在一个渡船上，不是一件容易的事情。船舷比较高，有几头骡子轻松地跳了进去，那样子好像是毕生都在做这样的训练一样；有的骡子却害怕做这种跳跃，死活都不肯上船，固执得无以复加，我们只得拖着它们的大腿，牵着它们的尾巴，像包裹一样把它们抬了起来。

渡船主要靠两片6米到7米长的桨推进，其中一片桨安装在船尾中轴线上，3个人操纵着木桨，实际上起着船舵的作用。另一片桨横在船的前部，7个人面对面地站着划桨。

河流两岸是沙滩和岩石，两岸悬崖峭壁。河水很深，船夫们也不能接触到河底。平均水流速度大约是每小时两里，上游和下游都有激

1895年4月18日，亨利·奥尔良一行乘坐两艘渡船，分两次从今天的思茅港渡过澜沧江，摆渡到澜沧江右岸，进入他们所谓的“拉祜人地界”（今日的澜沧县境内）。

流，水流十分湍急。河流的宽度从 110 米到 150 米不等；雨季的时候，河水要上涨十来米，河面宽度达 200 米左右。河水十分清澈，摄氏 19 度；树荫下的温度达到 15 摄氏度。以前在琅勃拉邦的时候，我曾经记录过温和清凉的水温，同时还与南乌河的水温做了比较。

河两岸是花岗岩或石英岩。我看见一种矮小美丽的棕榈树，比上东京湾河岸见到的那种树叶更加细小。

中国海关在渡口有一个小小的办事处，管理从河右岸勐海、勐遮和勐养来的茶叶，每一百中国公斤要付一到二两银子。每年这里有 1500 担到 2000 担茶叶。给我们这些信息的海关人员还说，因为河水太急，所以河道没有通航，从这里到大理一共有 16 个渡口。下游的渡口离这儿有一天的路程，是到勐往去的。

这儿的动物很多。还有人谈起了野骡子，说还长着小角。我觉得，这种动物不是我们在打箭炉听说的那种岩驴。可惜我们找不到任何标本，除非至少等上一个星期。河谷里孔雀很多，而且只有河谷里才有。我们还看到绿鹦鹉。根据别人的描述，我没有认出曾经在巴塘附近看见的那种成群飞舞的鸟。

河里面鱼类资源丰富，居民主要在六七月份涨水的时候捕鱼。

老挝语湄公河的名字在这里自然不为人知。在云南省的河段，湄公河有其他类似的名字，比如大江。我们每次见到湄公河，都听到当地有不同的叫法。一般来说，名字后面都有一个江字，这里就叫澜沧江。

到了河右岸，我们就进入了拉祜山区。几年前，拉祜人和汉人打过仗，据说现在已经平安无事了。他们隶属于镇边厅的官员管辖。

19 日，我们只走了一小段路程。在宿夜的屋子里，我发现了一种类似于竖琴的工具，只有一根弦、一个分叉和一个竹制的支架，这是用来弹棉花的。

路况很好。我们经过了重要的汉族村寨大雅口，到那里的时候，人家都已经关门闭户，但村长很快就走了出来，我们跟他相处得很好。

我们在他家里看到了锡锭，据说里面掺和有白银，来自离这里有五天路程的勐马附近。每年要运一千公斤过来贩卖。商贩们也卖思茅的蓝布，广东的水烟、鹿角，我还看到一个来自附近地区的犀牛角。

村长想留我们，我们告诉他还要去更远的地方，这个决定却不合马夫们的口味，他们使出浑身招数想要在那儿歇息。在马锅头授意下，有两个人假装要离开我们。我马上指派赶骡子的头头去替换了那两个人，而且明白表示，就是我和布利弗亲自装卸骡子，也无论如何要离开这里。手下人见我们去意已决，也只好让步，假装开小差的两人又回来了，见到罢工的把戏要不成了，真是又羞又愧。

正在那时候，思茅的两名士兵赶了回来，说长官已经找到了我们丢失的骡子并送了过来。真是意想不到的好消息。中国官方机构做出这样的举动，我们还有点不适应。

亨利·奥尔良一行笔下的边地居民母子。虽然衣着褴褛、生活艰难，却充满了母爱的温情。

我们住在一个小村子里，住的房子还比较干净，两间屋子直接修在地面上。我发现屋里有一些玉米穗和一张小弓弩，还有一个用葫芦做成的乐器，葫芦上装着五节钻了孔的竹管。进门的地方挂着一个辟邪的竹编菱形物，屋里面的墙上挂着麂子头，这具有宗教象征意义，绝对不能乱动。

居民都是拉祜人，身材矮小，额头很低，脸有点变形，眼睛不太高，整个样子让人觉得有兽性，不太开化。

妇女都穿着汉式长裙，背后分为三绺，袖子背后是红色的，身子前面围着一个红边围裙，围裙上面还露出另一个小围裙来。出门的时候，她们穿一件无袖小褂子，上面缀满了银钉子头，下身穿一条裤子，头上戴一条宽大的蓝色头巾，当她们摘掉头巾的时候，额头看起来似乎又高又大，两鬓和前额都依汉式发型剃了发。

我们第二天才跟博士会合。他比我们出发得要晚，马不停蹄地经过了我们投宿的小村庄。我们见他很着急的样子。一名马夫在树下休息的时候，如痴如醉地抽着鸦片烟，结果骡子驮着鲁克斯的笔记和地图跑得不知去向。行李大概被人偷了，必须得去寻找。我们让同伴留在后面，同意放慢速度，边走边等。

我们在一条美丽的河边吃午饭，深不见底的河上有一座木桥，上面盖着茅草顶子，桥两边的河岸上斜架着巨大的柱子支撑着桥体，柱子几乎伸到了木桥的中部。桥两头还有一道门，一个守桥的汉人住在入口处，专门负责维修管理，政府给他们付钱，所以不用收过桥费。

在阳光的照耀下，木桥仿佛一片金碧辉煌，我们眼前展现出一幅迷人的风景画：江中河水奔腾，两岸灰蒙蒙的岩石支离破碎，摇摇欲坠，矮小的棕榈树点缀其间，一团团，一簇簇，映衬着被兰科植物覆盖的大树巨木。河岸边停靠着一只竹筏，乘坐竹筏可以激流勇进，沿江而下。这里离湄公河只有三天的路程。

出发前，我们将两包炸药投进河中，收获了大量的鱼，手下人十分开心，在石头上跑来跑去，指手画脚，说东道西，然后纷纷跳下水去。大伙儿都心花怒放，看到队伍里充满了欢乐，我也着实高兴。

走到山那梁村歇息的时候，鲁克斯还没有赶上我们。更不幸的是，楠在马帮与我们之间一路步行，竟然找不到骡子的脚印，在一个拐弯的地方迷失了方向，我们只好派村里人去找他。

这里的居民跟昨天见到的土著居民看上去很相似，但他们自称是罗罗人，而不是拉祜人。一个人正在那儿拣棉花籽，纺车上面安装着两个滚筒似的东西，他自己坐在工具面前，上面是一个带手柄的木滚筒，下面的铁滚筒直径要小一些，靠一个脚踏板产生的离心力高速地运转，棉花掉进一个篮子里，棉籽则掉到外面去了。

睡觉前，我到马夫的屋子里转了转。中间放着一块布巾，摆着抽鸦片的器具：灯、剪灯花的剪子和烟斗。弗朗索瓦光着上身蹲在那儿。马锅头脖子上套了个皮包，忙着给我倒茶。几个罗罗人坐在小方凳上。大家都争先恐后地抽烟。隔壁屋里有一名妇女已经退了头巾，一直到腰身都裸露在外，她摇着纺车，纺车有规律地嘎吱作响。接着，她又躺到了几块木板搭起来的一张床上，侧身搂着小孩喂奶，她和小孩身上只盖着一块粗糙的布。男人们低声拉着家常，一会儿说汉语，一会儿说着喉音很重的罗罗话。地上支着几小块木柴，火光照亮了屋中的一切。屋外面，只听见牛铃叮当，蟋蟀争鸣，马夫们正在闹哄哄地安顿骡子。当地人说不要在山里放牲口，那里的苍蝇很恶毒。弗朗索瓦又说我们来的地方不好，强盗很多。鲁克斯已经领教过了，看来他还得继续小心提防。

4月21日早上，楠还不见踪影。鲁克斯的消息也不妙，虽然找到了骡子，行李却不知所终。我们又给他送去了盐、糖和钱。我们决定再走一小程路，到更大的一个罗罗村寨里去。

这个村子属于大雅口，大雅口又属于住在南边要走三天路程地方的官员管理。这里地势很好，一个宽大的台地，下临谷地，视野开阔，风景美丽。

晚上，去找楠的人将他带了回来，看到他回来我们都很高兴，一个家庭成员又回到了家中。善良的楠给我们讲，他很害怕猛兽，就在树上睡了一觉，消磨了一个上午。从昨天上午以来，他只吃了一碗米饭，是用一块大银圆跟马帮换的。他继续向前走，根本就顾不上什么骡子的脚印了，因为他害怕自己被甩在后面。他现在十分高兴。

我们决定在拉利村留一天。夜里，躲藏在房舍里的狗毛发直竖，狂吠不已。据说，一头豹子常常光顾这儿，狗受到了惊吓。

逗留在这些有趣的土著居民之间，我们也并不后悔。他们说自己叫罗罗人或者撒尼人，两百年前从西边迁徙过来的。他们没有书，说跟有书的罗罗人不同。我只能从他们那儿获得一些宗教方面的信息。据说西部有一些阿佤人，跟摆夷人长得很相似（很可能是上缅甸人或老挝人）。

亨利·奥尔良一行笔下的罗罗人素描。罗罗人即今天的彝族，现在也为彝族的一个分支，在普洱市的宁洱县、景东县等，均分布有大量的彝族群众。

白天我在村子里溜达了一会儿。初次见面时罗罗人比较腼腆，但逐渐就熟悉起来。我给他们看一本大卫神甫的书，他们对里面的铜版画很有兴趣。他们一下子就认出了野鸡，并且说这种鸟在当地很常见。他们会用鸟游子捕捉鹌鹑：先在一个鞋状鸟笼中放一只活鹌鹑，前面罩一个收放自如的大网，架设在地里面，笼鸟将其他鸟引来以后，猛地收网就一下子罩个正着。

当地人好像除了劳动还是劳动，田地一直开垦到了山顶，开荒的时候就放火烧山。晚上，只见山坡上升起熊熊火焰，火势蔓延，忽高忽低。居民用牛耕地。晚上，牲口都关在离地 20 厘米高的圈里面，柱子间的木板透着缝隙，散发出粪便的气味，顶上盖着棚子，四周还围着栅栏。

女人们用最原始的纺车纺纱织布，纺车有两个木踏板和一个梭子，纱线来回运动。这样的织机随处可见。

我还参观了一个冶炼作坊，一段掏空的大树里面装上活塞就成了鼓风机，气流穿过一堵小土墙到达另一边的熔炉。

晚上，我们得到了鲁克斯的消息，他已经在山里面找到了行李，原来是被人藏匿在树叶下面。我们只丢了一个天文望远镜的目镜。鲁克斯明天就可以赶回来。我们听到这条好消息都特别高兴。我想象着同伴的喜悦心情，他原以为丢失了七百公里的探险图录，那该多么痛苦啊！

亨利·奥尔良一行笔下的澜沧拉祜族汉子形象。拉祜族是我国的古老民族之一，源于甘肃、青海一带的古羌人，后来逐渐南迁并最终定居于普洱、临沧一带的澜沧江两岸。

晚上，村民们应我们的请求，同意跳舞助兴。舞蹈各式各样，比摆夷舞蹈更加新颖独特。男男女女一块跳舞，大家围成圆圈，中间两个乐手吹着芦笙，作为舞蹈的节拍。圆圈外有一个老年人发号施令。舞蹈节奏完美和谐，大家一会儿朝这个方向，一会儿朝那个方向，摇摆着手臂；时而又单腿站立，另外一条腿不停地摆动，有节奏地敲击着地面。还有一种圆圈舞，跳舞的时候先要向侧面走两步，然后分开手面对面地跳，一个人前进，另一个人后退，脚上的运动十分规则，然后又重新围成圆圈。有时候，当演员面对面地跳舞之后，还要在圆圈内互相换位。舞蹈演员动作整齐划一，让人称奇，给我们留下了很好的印象。他们在艺术活动中饱含激情，有时候跳得气氛活跃，简直犹如真正的竞赛，又像疯狂的萨拉班德舞，和着节拍伴着叫声。罗罗人似乎精力旺盛，不知疲倦，接连跳上好几个小时依旧灵巧自如，就像绝大部分不太开化的民族一样，他们的姿态动作天生就十分优雅可爱。

观众围着演员们蹲了一圈。一名马夫举着手臂，打着火把，照亮了全场。牛圈里的牛群被火光弄醒了，受了惊吓，大声地叫个不停。舞蹈演员组成的圆圈掠起了地面的尘土，每当圆圈晃过火光的时候，尘土闪闪烁烁，忽明忽暗，像万花筒，又像魔灯，画面活灵活现，栩栩如生，千奇百怪。

4 月 23 日，向可爱的罗罗人赠送礼物之后，我们向他们挥手告别了。他们拒绝了一切图画，就连精美的彩印图画也不肯收留，大概是迷信的原因吧。

鲁克斯终于赶上了我们。他告诉我们说，他答应给村民报酬，并且得到了大雅口头领的帮助，村民们分成七个小组，每组由一个组长负责开始搜山。首先是一个甲亢病患者在树叶下面找到了行李，人们随即鸣枪，表示已经找到了目标。大家想得周到，自然有好结果，如果谁还想再试一次，那就太不明智了。我要搭档对地图全部描绘一番，留下备份。

我们走的道路很好。该地区景色单调如一，一律是灌木丛生的圆山丘，不停地下坡下坎。沟谷里，大树挺拔，但没有鸟语花香，几乎没有值得一书的地方，既让人失望，又让人恼火。

24日下午，博士又跟我们暂时作别。他跟一个在思茅雇佣的强壮机灵的小伙子出发去湄公河右岸，然后去勐班和永平，几天后再跟我们会合，这样就可以测量河流及不同的地点。

路上行人渐渐多了，我们碰到了一个运棉花的马帮，还有几个挑夫担着磨大米用的磨子。路上碰见一个武夫，腰间别着大刀，肩上没有步枪，却背着一节竹子，悬着个圆环，上面歇着一只绿鹦鹉。

我们下到了两条河中间一个微微倾斜的台地上，沟壑两边群山环绕，这种地形构造不禁让我想起了冰川和冰碛的地形结构。台地的尽头坐落着一个很大的村子，大山村俯视着环抱台地的又宽又深的沟壑谷地。

大山村外面是三四米高的长方形围墙，围墙上留着枪眼，但没有雉堞。围墙里面的房舍疏疏落落，房子下面搭着楠竹架子，上面是一层土坯的楼房。

当地大部分都是汉族居民。奇怪的是，居民们站得远远的，倒让我们安静地待在宝塔里面，只有浑身彩塑的菩萨向我们表示欢迎。我们跟汉族官员交换了名片。除了他之外，还有一个土司负责管理拉祜人。

当地人说，几天前从缅甸阿瓦来的一名英国人经过这里，朝勐班和永平方向去了。弗朗索瓦说，那人跟我们一样查山观水，打听情况。这就是在思茅已经提到的那个人，他与我们的路线又在这里交叉了。幸好，我们往北的行程都是陌生的地盘。

早上出发的时候，只见两名身材矮小的官员从马背上下来，走进我们住宿的宝塔里面。仆人在三个祭台前上了香，依次铺上毯子，官员都屈膝下跪，顶礼膜拜，一个人嘴里始终念念有词，重复着同样的话语，就像咒语一样。这种仪式持续了几分钟时间，官员随后坐在仆人们带来的折椅上面，背朝着神像，开始抽水烟，像履行了义务一样心满意足。

两名马夫吵了起来。有个年轻人比较懒散，常常睡过头，一名年长的马夫推了他一下，他从马上掉了下来，头上受了伤，但不严重。他哭丧着脸跑来找我们理论。看见这些中国人动不动就哭鼻子，我又恶心又反感，他们简直就不是人！马锅头已经给他包扎好了，那名年轻人手里还攥着一块大石头，装出样子要打那名上了年纪的马夫。我觉得，他这样做无非是想“挽回面子”，我们用命令的口吻阻止他，他顺势借着台阶下来，放弃了攻击的计划，一切又恢复如初。

我们一路走来，到了湄公河河谷上面的山脊上，然后顺着山岭一直下到河边，居高临下，风景殊异，我们脚下是幽幽河谷，深不见底；对岸的山坡相对较低，更远处重峦叠嶂，一系列似乎平行的山岭飞奔汇聚于我们脚下的深谷里面。面对此情此景，我们可以想象到下面那巨大的水系。实际上，我们经过的河岸就像一片树叶的主叶脉，从这里发散出去的山脉就像其他小叶脉。左岸山坡上树木稀少，人烟罕见，我们这边村落密布，人烟繁阜。我们一路风尘仆仆，加之雨水频仍，我们常常在泥泞中艰难跋涉。

4 月 27 日上午，马锅头跟村民干上了：他的烟斗被人偷了，他又吼又骂，暴跳如雷，一个土著人隐藏得不好，衣袋里的烟斗露了出来，被马锅头看见了自己心爱的玩意。

我们还是在拉祜人的地界。很多人都把牙齿涂成了红色。我们与土著居民相处得很好。在这一地区，值得我和布利弗抱怨的就是没有蜂蜜，这个季节土著人不吃蜂蜜，因为蜜蜂在一些白色的花朵上采蜜，生产的蜂蜜不太卫生。

下午，我们走的大多是下坡路。我们顺着一条小溪蜿蜒而下，只见绿树秀美，色彩斑斓的鸟儿嬉戏翻飞，此地清爽宜人，不禁想驻足流连。但也有两个不好的地方：这里昆虫密布，必须仔仔细细才能辨认清楚，但完全可以想象出来。我们最好还是继续赶路吧！

我们顺着溪流来到湄公河岸边，然后又继续上行了一段路，来到一条比较大的支流小黑江边投宿。此处的湄公河宽达 80 ~ 160 米，水位很低，两岸分布着沙滩，有些地方覆盖着一堆堆巨石，清晰地勾勒出河床的高水位线（200 ~ 300 米宽）。山脊上树木稀稀落落，有些自由的通道可以穿行其间，看起来宛如大象鼻子上稀疏的毛发一样。这里的风景让人想起祖国的植被来。这里的山不是很高。

晚上，村里很多妇女都拿着树枝爬到附近的山坡上，看起来就像移动的森林。她们拿着一根装满石头的竹筒，学着红隼鸟的叫声，把蝉吸引到树叶上面，然后可以美餐一顿。

28日，我们乘竹排渡过了小黑江。竹排只有一层竹子，人上了竹排之后，船工在前面用纤绳拉，还有两个人在后面推，先向上游方向前进，到了转弯的激流里面，船夫将竹排放开。后面站着一个人，手里拿着篙杠，杆上有个竹编的长方物体，那人将竹排固定住了。我们过江的时候，村民正在吃午饭，他们围坐在木桌木凳前，全然中国式的吃饭场面，女人比男人后吃，站着用手抓米饭吃。

我们到了小黑江对岸，又继续攀登。

经过长时间在澜沧江右岸河谷地带的行走考察后，1895年4月28日在澜沧县和双江县交界处，亨利·奥尔良一行乘坐竹排渡过小黑江，离开了普洱大地。亨利·奥尔良记述说：“竹排只有一层竹子，人上了竹排之后，船工在前面用纤绳拉，还有两个人在后面推。”

我对手下人还是比较满意的。马夫们看到远离了城市，干活也挺卖力。一路上，他们简直就是活脱脱的小孩子，一路歌声、哨声不断。他们走起路来很不错，但小腿并不发达。他们旅途中最大的乐趣就是抽烟，抽一般的烟或水烟，一个人抽了又递给别人。有一个马夫特别好玩，总是一手撑着用草帽跟楠换来的小阳伞，一手拿把扇子，即使需要装鞍鞯驮子的时候，他也不觉得碍手碍脚，跟别人一样能干。赶骡子的人每天吃两顿饭，晚上吃饱了饭就聊天，似乎相互间的个人恩怨和你争我斗都忘到九霄云外去了。

我们的人把我们伺候得很好。楠每天只睡四个小时的觉，别人花半个小时就可以了结的事，他要花三个小时去做。我开始觉得他患了梦游症，会一边睡觉一边做饭。

我通常和布利弗走在一起，一边走一边聊，谈得最多的就是吃喝，我们头脑中设想了许多精美的菜肴，而实际上连最基本的原料也没有。有时候，我们也哼哼法国音乐，唱唱士兵的歌曲，鼓舞我们的士气。当然，我们还要打鸟、照相、记笔记，时间过得很快。

今天走完一程路，来到马刺形山脊尽头的一个小山村，村子坐落在一个好像四面闭合的小盆地里。更让人产生错觉的是，四面望去像一个圆形的剧场，层层稻田一级级地延伸到半山腰。我们现在来到了濮曼人（布朗人）地界，他们和摆夷人是近亲。

翌日，我们经过了一个美丽的地区，我们在清新的树林里爬坡上坎，村寨点缀其间。路上行人熙来攘往，在这条路上经常可以看见一些祭台，前面烧了些打着印痕的纸钱，这是行人为了祈求路途平安而献的供品。从前，我对中国人的了解很肤浅，以为他们是怀疑论者，没有信仰。现在，我设身处地地生活在他们中间，似乎又觉得他们特别迷信。

4 点钟的时候，前面的马帮停了下来，今天早上雇的那位老向导帕纳拉不想往前赶路了。他跪在我们面前，想方设法希望我们中间的一个人接过官员的信函，再一个村子一个村子传下去，可谁也不愿意接手。前面还得走一个多小时的路程，我们必须继续前进。向导把信扔在一边，一屁股坐在草地上，三个马夫把他拖了起来，强迫他继续赶路。到了下一个村子，那个老年向导使劲地掰开一个青年后生的手掌，把信塞在他手中，后生还没明白是怎么回事，向导就悄无声息地溜走了，连小费都顾不上要了。这就叫作欺骗啊！

临时充当向导的人尽管一百个不愿意，还是带着我们来到了一个拉祜小村庄，村子位于一个台地上，视野开阔，风景不凡。但胜景客栈（我们这样戏称投宿的地方）似乎没有什么资源，甚至连鸡蛋都没有，看来只得权当秀色可餐了。

居民们根本没有什么东西可以准备晚餐，于是打算让我们直接睡觉，一点也没有请求谅解的意思。他们整个夜晚都打着松脂火把，来来往往，这边的火光刚刚消失，那边马上又出现了。不明白什么原因，他们走路的时候始终弓着腰，看着他们行走的模样，真觉得好像是侏儒、小妖精或者小精灵，在昏黄的萤火中突然出现，然后隐没在我们的住处，妄图折磨我们。

村民们白天倒不烦人，我们的皮革马鞍最让他们好奇，居民们自称Lachos，大概90年前搬迁到这里。他们说拉祜人也有文字，用的就像官府的印章一样的中国古文字。但我们在这儿并没有发现文字。

我们在忙糯歇息吃午饭，忙糯跟大山一样都是很大的村寨，奇怪的是它坐落在一个山坑里面。房舍间比较宽阔规则，都朝向一个方向，街道和场院占了很大一部分面积，地面都铺着沙土。很多房子都盖着木板，也有茅草房子。忙糯村住着汉族人和拉祜族人。长官的级别跟大山村一样。

手下人发现离缅宁不远了，不用请求就自己急匆匆地上路了。沿路好几个地方，我们都看到有给挑夫准备的凳子，路边的山坡上还凿有岩洞，好让行人躲避风雨，就像四川那边一样。我们在山上的一个村子里投宿，村子旁边有两座碉楼，据说其中一座已有上百年历史，另一座只有七八年时间。在我们住的人户家里，锅里正熬着一种当地十分普遍的小蜡菊花。他们把花、叶、茎都放进水里，熬软了就可以吃。他们提供了一些关于拉祜人的有趣资料，据说，他们跟罗罗人一样很早就从南京迁来了这里。

白天，我们从湄公河一条支流的河谷进入另外一条支流的河谷。高处苍松莽莽、绿草如毯，山下稻田交错。

我们在一个村寨密布的山谷里停了下来。到达的时候，一个汉族人先是给我们指了指路，随后又骑着马追了上来，身后跟着个衣衫褴褛的士兵，帮他拿着烟斗和装名片的红包。这是该县的长官，人称林大人。他说起话来声音洪亮，极富热情。他带我们来到村长家里，那户人家的房子很体面，十分舒适，我们简直都有点不习惯，当然我们也格外高兴。这里“舒适”二字当然也是相对的意思，也就是说比较宽敞干净，没有烟雾的干扰，没有居民好奇的目光，没有闲杂人士的来来往往。我们在长岭岗宁静的气氛中过了舒舒服服的一夜。尽管没有蜂蜜为我们接风洗尘，但晚饭已经比平时强多了。我懒洋洋地坐在椅子上，好久都没有享受这样的椅子了！平常都只有坐凳子，而且凳子还出奇地窄小。

我摘了几朵玫瑰花放在桌上，一边凝视着花朵，一边将香烟放在桌子上来回滚动。我不禁想起了法兰西，5 月已经来临，正是博览会开幕的时节，巴黎的春天！还有许多许多美好的回忆！

5 月 2 日上午，阳光明媚，风和日丽，似乎一切都熠熠生辉，正是英国人所说的金色的日子！寻常景物都变得格外风情万种，千山万壑，历历在目，丝毫毕现。大自然像穿上了节日的盛装，真觉得活着是无比的幸福。毫无疑问，5 月已经来到了人间。

摘自亨利·奥尔良《云南游记——从东京湾到印度》

行走在澜沧江的细小叶脉上

——亨利·奥尔良 1895 年普洱行

继 1867 年那支著名的法国湄公河考察队之后，1895 年 1 月 26 日早晨，另一支法国湄公河考察队离开河内，向着云南的方向出发了。这支考察队的主体人员包括三位法国探险家，即后来的考察笔记《云南游记——从东京湾到印度》的作者亨利·奥尔良和地理学家鲁克斯、传教士布利弗。此外，还有两位雇佣的、陪考察队走完全程的越南人邵和楠；几位雇佣的中国人，第一位马锅头、几位马夫和汉语翻译弗朗索瓦。这次考察的目的很明确，就是继续 1867 年法国湄公河考察队在云南未完成的事业——探索湄公河北部中国境内（也就是澜沧江流域）尚不为人所知的部分，以便“收集有用的资料”用于所谓“发展商业，推行和平”的法国爱国主义事业。考察队计划“不走回头路”，由云南的红河南部入境，横越中法边境线地区（那时的越南、老挝经过 1885 年的中法战争之后已经归属法国“印度支那”地区的版图），从普洱府境内到澜沧江边，沿澜沧江河谷地区北上，在大理休息整顿，再继续北上，到达法国传教士标注的中国藏区地界（今云南迪庆州、西藏自治区南部地区），然后继续西行抵达印度，从印度加尔各答沿海路返回河内东京湾。按照计划，亨利·奥尔良考察队顺利完成了考察湄公河北部地区（即中国澜沧江流域地区），于当年 12 月底到达印度加尔各答。

相比 1867 年那支法国湄公河考察队，这支考察队比较幸运。1867 年，法国湄公河考察队到云南，正逢云南战乱，考察队的行程比较匆忙狼狈，不仅在路上死了队长拉格利，还在昆明花光了盘缠，不得不向当时的“马大人”（马如龙）借钱，才得以潦草地完成绕道四川会理地区前往大理的行程。但在大理，考察队又遭到杜文秀的驱逐，狼狈而逃。最遗憾的是，考察队来到普洱的时候，很想从这里进入澜沧江河谷，沿河谷北上，考察他们梦想中的湄公河北部地区，但被普洱府尹所阻止，未能如愿。他们的愿望，终于在 28 年之后，被经蒙自、蔓耗、绿春、江城到思茅的亨利·奥尔良考察队实现。那时，亨利考察队准备比较充分，而且云南比较安定，他们一路上得到了当地官员和民众更多的帮助和支持，使一路的考察活动得以顺利进行。

亨利·奥尔良一行在艰苦的旅途中小憩。他们经过的路线是澜沧江河谷地区的小道，一路经过的大多是山间小径、村寨、河流和险滩，行程异常艰险。

和1867年那支拉格利率领的考察队相比，亨利·奥尔良考察队行走的路线更加细致。简单说来，拉格利考察队是沿着当年的茶马古道，也就是当时的“官道”行走的。从景洪到思茅，再从思茅到宁洱、他郎、元江、石屏、建水、通海、澄江、晋宁、昆明，拉格利考察队所经过的地区，都是当时云南的主干道。但亨利考察队经过的却是澜沧江河谷地区的小道，相比拉格利考察队，他们的行程更加艰险，一路多是山间小径、村寨、河流和险滩。

但也因为如此，亨利考察队得以深入澜沧江河谷地区的细节部分，为我们留下了同样珍贵，也许更为珍贵的往昔云南记忆。和《加内报

亨利·奥尔良一行的挑夫，行进在险峻的古道上。一路艰辛，使得亨利·奥尔良能够详细记录沿途所经的一个又一个村寨，一个又一个边地少数民族的生活和风俗，以及发生在考察队中一个又一个有趣的小故事。

告》许多时候粗枝大叶，多是对沿途风光和过往各地的官员交往活动的记录不同，亨利·奥尔良的考察笔记《云南游记——从东京湾到印度》一书，记录的是沿途所经的一个又一个村寨，一个又一个边地少数民族的生活和风俗，以及发生在考察队中一个又一个有趣的小故事。只从考察队经过的普洱大地来看，亨利·奥尔良就记录下了两万余字的考察笔记，可谓翔实细致。其中的许多细节，虽然经历百年时光的洗涤，依然生动鲜活。比如，作者在李仙江边的发呆，江城集市上交易的物品和价格，从江城到思茅路上的一场罕见的雷暴雨，思茅客店夜里的老鼠，思茅区奇特的喀斯特地貌，澜沧江上从一个渡口过渡到对面的情景，一个村寨里摆夷人的舞蹈，另一个罗罗人寨子里罗罗人的舞蹈，都给我们留下了鲜活的印象。正如作者所说，他们感觉到澜沧江就像一片巨大的叶子，那些细小的支流是澜沧江的叶脉，而他们则围绕着澜沧江这片叶子的主干，行走在那些更加细小的叶脉里。诚然，作者记录下的尽是一些这片叶子里的细枝末节，显得有些琐碎。但在今天，我们多么感谢这样的细小和琐碎。因为他记录下的，是一百多年前普洱大地的细节，而细节，却是最脆弱的，最容易消逝的，同时也是最有生命力、最让人难以忘怀的东西。从亨利·奥尔良的记录里，今日的我们，得以在百年之后重温百年之前的普洱大地，感受到她往昔的生命和呼吸。

当然，值得注意的是，和1867年的拉格利考察队一样，亨利考察队考察澜沧江流域的目的也并非如其所说的“收集有用的资料”，用于所谓“发展商业，推行和平”那么单纯，其中必然含有对云南大地的殖民意图，在当时的法国人看来，那是他们的爱国主义，但对中国人来讲，那就是另外一回事了。无论是拉格利考察队还是亨利考察队，他们的目的都是为了和英国人竞争，为抢先殖民云南做信息收集上的准备。在亨利的记录中，我们可知，还有一支英国考察队在他们前面魅影一样飘忽。在法国人、英国人那个年代对云南大地的觊觎中，能够感受到那个时代中国令人伤感的脆弱。同样，在亨利的记录中，他所经过和邂逅的那些少数民族村寨同样是毫不设防的。那些民族，无论是罗罗人、摆夷人、哈尼人、阿佤人、拉祜人、撒尼人，几乎都有一种原初的淳朴和美好。那种美好甚至让法国人感动，觉得和他们待在一起并不是浪费时间。但不应该忘记，形形色色的亨利们对这些少数民族的好感有一个前提：他们是所谓的不开化民族，他们的淳朴与美好，正来自他们的不开化，也就是在他们面前彻底的脆弱。

但时光能够涤荡一些阴暗的东西。百年之后，我们应该庆幸云南大地早已摆脱了被觊觎、被殖民的阴影。百年之后，我们依旧应该感谢亨利们百年之前的那次云南大地之行。1895 年 3 月 26 日，亨利考察队经绿春来到李仙江边，进入普洱大地，他们到了江城、思茅，然后经过今日思茅区的龙潭乡、六顺乡，到了思茅港镇边的渡口，摆渡到澜沧江右岸，进入他们所谓的“拉祜人地界”（今日的澜沧县境内）。他们在澜沧江右岸河谷地区行进，在澜沧县和双江县交界处，渡过小黑江， 5 月初进入当时的缅宁地区（今临沧市），离开了普洱，继续前行。他们经过普洱的时间，前后一个月零几天。和他们最终消逝的足迹一样，阳光下，一切人类的行为都会成为过眼云烟，值得珍惜的只有记忆。今日，我们感谢那几位普洱的特殊过客，因为他们为普洱留下了一份特殊的记忆。

设色水墨里的沧桑容颜

——古普洱风俗画屏解读

在照相机出现之前，普洱边地的图像资料是什么？当然只有绘画。明清时期，一些内地文人到普洱边地做官，其中或有善绘者，但他们画的，大多是花鸟虫鱼，对普洱边地风光、风俗，鲜有涉猎。此外，由于年代久远，今日已很难找到他们关于普洱的画作。但幸运的是，除了文人，明清时期，云贵地区还有一类专门的画家，从事边地民族风俗题材的绘画创作。今日，在云南省博物馆的书画藏品中，就藏有他们的这类作品，如反映明代云贵地区苗族节日歌舞斗牛盛况的《斗牛图》，清代苗族的《百苗全图》《百蛮图》，傣族的《写经图》《骑象图》，彝族的《踏歌图》，哈尼族的《采茶图》以及《清代少数民族风俗画屏》《开化府图说》《普洱府图说》，等等。这些画均采用国画的画法，多为设色水墨，技法粗犷，描绘当时民族地区的民俗和风情。这些画作的作者多半名不见经传，生平几乎无从查考，但从其画风技法和收集地多在内地来看，画的作者可能是在少数民族地区生活过的汉族画家。此外，这也可能是当时云贵地方政府的一项“政府工程”，常组织内地画家到民族地区采风，创作作品，进贡宫廷，以备朝廷“观风俗”，了解边地民情风俗之用。在少数民族被歧视的历史时代里，在明清之际山水花鸟画充斥的画坛中，这类画家能用传统的笔墨反映少数民族居住环境、生活习俗，实在难能可贵。这类作品不仅对研究少数民族的历史风貌颇有价值，而且有助于了解明清之际中国美术史中的一个侧面。

老挝

跋文在图的左上方，为：“老挝，性驯，布衣漆笠，善治生，时入城市懋迁有无，普洱府界有之。”老挝又称挝家，为老挝境内老族，流入普洱后，初称老挝，后成为傣族的一部分。清朝时期从老挝流入云南边境的部分傣族被称为老挝或挝家，他们主要居住在普洱府的边界上，有一部分更迁入普洱府边界居住，随后便混入普洱府属境内的摆夷之中。而其迁入之初，则仍保留其原籍而称之为老挝。后逐渐被同化，新中国成立后统一被称为傣族。今天生活在普洱市孟连县、景谷县的傣族，仍戴斗笠、着筒裙、做生意等。与画面表达的几乎一致。

鲁屋猓猡

整幅画介绍了鲁屋猓猡打猎途中的情景，共有三个人，分别骑在三匹膘肥体壮的马背上。其中两匹马并排而行，两人则在马背上聊天，另一人骑着马飞奔而过，前面有一奔跑的猎狗带路。三人皆头缠包头，好似大小凉山彝族的英雄髻，身披白色披毡，穿长袖衣，短裤，赤足，肩扛矛戟，威风凛凛。跋文在图的右上方，为："鲁屋猓猡，服饰类黑猓猡，好猎，常驰马林谷间，以矛戟从，临安府属有之。"鲁屋猓猡又名鲁兀、罗武、罗婺，聚临安府，后向广西府迁移，最远至曲靖府，为今天的彝族支系。元明以后外迁，清代已遍及楚雄、普洱等地。

收藏于云南省博物馆的《普洱府图说》，就是这类画作之一，它也是迄今能找到的最早的普洱边地的图像资料。《普洱府图说》收藏于20世纪50年代，为纸本卷轴绘画，共为四个立轴，每轴纵120厘米，横29.8厘米。每立轴绘有上、中、下三幅图，画上加款识。初步推测可能原为册页，后装裱为立轴，但什么时候装裱不清。由于无作者姓名、图章，就无法确定年代、作者。但云南省博物馆副研究馆员熊丽芬先生根据人物画法和时代风格推断，它们可能为清代晚期李诂的作品。李诂为清代民族风俗画集大成者，字仰亭，昆明人，生活于嘉庆、道光年间，职业画家，山水、花鸟、人物，无一不工，尤以工笔青绿山水画见长。李诂到过云南许多民族地区，观察民情，就地取材，所绘《滇南夷情汇集》（现存国家博物馆）共108幅，每幅有画有跋。考察李诂的经历、作品、绘画技法，大致可推断《普洱府图说》亦出自其手。

《普洱府图说》用绘画的形式真实记录了当时普洱及周边地区少数民族的生产、生活、习俗以及服饰等。整个《普洱府图说》山水人物相配，山水为青绿山水，人物则为兼功代写的画法。每幅以图为主，配题跋加以说明，让人有身临其境之感。所以它不仅是清代绘画作品，还是珍贵的民族文物。反映了清代云南普洱地区的民族社会生活，成为今天生活在普洱地区少数民族的直接实物印证，同时也具有重要的学术价值，对研究当地民族史、民族学和古代民族文物制度有一定借鉴。

《普洱府图说》反映了清代云南普洱府属及另外一些地方包括境外若干少数民族的生产、生活情景。分别介绍了老挝（也称为挝家，傣族的一部分）、鲁屋猓猡（彝族的一个支系）、莽子（也称为莽人，傣族的一部分）、阿卡（哈尼族的一部分）、撒檀猓猡（彝族的一部分）、艮子（也称为孟艮子，傣族的一部分）、 绷子（傣族的一部分）、弋罗（也称为戛子腊，傣族的一部分）、苦葱（也写作苦聪、苦宗，今已划归拉祜族的一部分）、缅和尚（傣族的一部分）、花百彝（傣族的一部分）、长头发（傣族的一部分）等十二个民族称谓的生活、风俗活动、居住环境等。每幅画皆在左上角或右上角题有跋加以说明。这对研究边地傣族、彝族、拉祜族、哈尼族等云南古代上诸民族的社会习俗有一定参考价值。

从《普洱府图说》中所描绘和跋文中所描述的少数民族风情来看，清代的一些少数民族，今天似乎已经不存在了，但经过考证，只是与今天民族的称谓不同而已，许多风俗习惯仍保留着。从清代《普洱府图说》可以看到和了解到清代少数民族的风俗习惯和社会习俗，对研究当代少数民族的社会历史、风俗习惯有一定的参考价值。在《普洱府图说》中有不少生产活动的场景，如打猎、劳作等，说明狩猎经济在这些民族中还占有一定地位。同时，节日歌舞也有表现，如花百彝的击鼓堆沙、泼水庆贺等在今天的傣族中仍能见到。南传上座部佛教、刻贝叶经也仍在延续着。特别是服饰，与今天的民族没有太大的区别。总之，整个《普洱府图说》反映了当时的社会经济水平，提供了不少民族的生产生活节日喜庆的形象资料，为研究当地的民族关系提供了不少形象资料，这些形象资料有助于各民族历史的编撰工作，对民族学、考古学、工艺史和宗教史的研究也有重要的参考价值。

以今日的绘画技法标准来看，以及和 1867 年法国湄公河考察队的路易·德拉波特的系列普洱边地铜版画相比，《普洱府图说》算不上什么技艺精湛的作品，但它的意义依旧不容忽视。其意义，除了上面所述之外，还有几点值得赞美。其一，和一般从汉族文化中心主义出发，歧视边地少数民族，常对少数民族进行丑化，把他们画成青面獠牙、形态奇特丑陋的“另类”之人不同，李诂《普洱府图说》中的少数民族形象较为客观传神，其跋文中的说明文字也较为朴实客观，从中可以看出画家对笔下少数民族基本的尊重态度，这是难能可贵的。其二，《普洱府图说》中采用的风俗比较真实，描绘比较传神，观其图，宛如进入一个个少数民族居住的山村。从中可以看出，画家是经过田野调查的，并非凭空想象，闭门造车。其三，这是普洱边地的第一份图像资料，因而显得弥足珍贵。今日观之，它留下了一份普洱边地少数民族富于童真、形象的宝贵遗产，隔着上百年光阴，那份童真，容颜虽然沧桑，但依旧震撼人心。

莽子

跋文在图的左上方，为：“莽子，性缓，嗜利，披彩缯而不衣，以铁笔书字于蒲竹，谓之莽字，凡文牍绎为缅字，再绎为汗（汉）字，乃悉思茅有之。”“当时的思茅即思茅厅为思茅寨。驻今思茅，直接辖境与原思茅县相当。”莽人也称为莽子，生活习俗与摆夷同。其之所以被称为莽人、莽子，盖其原居住地在缅甸属境之内，后始流入普洱、永昌二府的摆夷居住地，虽与摆夷同族但仍有所区别。他们流入云南后主要居住在思茅一带。他们性情缓慢，披彩缯，不穿衣服，用铁笔在蒲竹上写字，谓之莽字，写成的文章称为缅文，即保留至近代的老傣文。

阿卡

画面上，一男一女走在大山之中，女的头系包头，身穿长袖衣，腰系蓝布带，下穿短百褶裙，腿系蓝绑腿，赤足，肩扛锄头，身背背篓；男子发挽髻于右边，身穿和尚长袖衣，腰系一蓝色布带，短裤，赤足，正弯腰用弩打一猎物，画面形象生动，栩栩如生，让人有身临其境之感。跋文在图的左上方，为：“阿卡，性愚，貌丑，男女服青蓝，以红藤系腰，耕余猎，较罕入城市，普洱府属有之。”阿卡是傣族对其的称呼，是今天哈尼族的一部分 。

画面描绘了三个男子、一个男孩出门干农活的情景。其中两个男子扛着工具边走边谈，形象逼真，另一个男子与小男孩一前一后走着，男孩边走边往回看，并用手遮阳，男子肩扛锄头，左手提着小壶，弯腰听着男孩说话，他们皆用布缠头，身穿长袖大襟衣、大短裤。跋文在图的左上方，为：『撒桓猓猡，性与黑白二种稍异，勤于农，喜食鸟鼠。临安府蒙自有之。』临安府蒙自即『蒙自县，驻今蒙自县城，辖境包括今蒙自县和个旧市在内。』撒桓猓猡也称撒完猓猡，即彝族的一个支系。

撒桓猓猡

艮子

画面上两个妇女坐在一头大象上，大象背上还驮有两捆柴。坐前边一人用布包头，戴斗笠，肩扛一个矛戟。跋文在图的右上方，为：“艮子，性急，以布缠头，服窄袖，缯衣，蓄驯象使负薪、托水或骑以行，普洱府属思茅边外有之。”艮子也称为孟艮子，原指境外傣族，后流入普洱府，是傣族的一部分。清道光《普洱府志》卷十八载：“缅甸国艮子，性情悍急……”明代所设孟艮府，至清朝时期属缅甸，帮称其地之摆夷为缅甸国艮子。有一部分艮子从原孟艮（今缅甸掸邦）流入普洱府属境之内，故清道光《普洱府志》载之。他们主要居住于普洱府属的思茅边界。

绷子

整个画面上画有两个妇女席地而坐，中间摆着一盘食物，其中一妇女正用左手去拿盘内食物，右肩扛着猎枪，另一妇女正在对面指手画脚说话，后边放着把长刀。她们皆用红头巾缠头，穿粉白色对襟长袖衫、蓝色大裆裤，四周山峦起伏。跋文在图的右上方，为：“绷子，性悍，服食略与良子同，出必携械，遇猛兽弗避，普洱府属思茅边外有之。”绷子也是傣族的一部分。道光《普洱府志》卷十八说：“缅甸国绷子，……披发纹身，……服食与良子同。”乃良子中的一部分。绷子性情剽悍，出门必须带猎枪、刀等物，遇到猛兽也不避开，主要居住在普洱府思茅边界上。

弋罗

整个画面有三个持枪、弄刀的男子，他们坐在河边的山间小路上，一人持猎枪，另外两个男子正坐在地上，手拿长刀在谈论着武功，形象栩栩如生，前面放有一槟榔。跋文在图的左上方，为：『弋罗，一名戛于腊，前额蓄发少许，又名一撮毛，文身不衣，强有力，普洱府属思茅边外有之。』弋罗也称为戛于腊、一撮毛、花肚皮，原为暹泰语部落，后流入滇南称为戛于腊，后来融入傣族中。戛于腊，清道光《普洱府志》卷十八《人种志》有记载，即于嘉庆十七年（1812年）侵入的暹罗国（今泰国）泰人之流散于普洱府境内者，随后便混合入我国境内的傣族之中。清朝时期从暹罗国流入西双版纳的部分傣族称之为戛于腊，主要居住在思茅边境一带。

花百彝

整个画面突出表现了男女击鼓采花、堆沙的情景。跋文在图的左上方，为："花百彝，性软，嗜辛酸，居临水以渔稼，每岁三月，男妇击鼓采花，堆沙献佛，以迓吉祥。普洱府属有之。"花百彝又名花摆夷，属水摆夷的一部分，小勐养、元江有些傣族穿花筒裙即其遗风。花百彝即花摆夷，清道光《云南通志》引《伯麟图说》："花摆夷，性柔软，嗜辛酸，居临水以渔稼。每岁三月，男妇击鼓采花，堆沙献佛以迓吉祥。普洱府属有之。"近代西双版纳小勐养一带仍有一部分傣族，汉族称之为花腰摆夷，盖以其妇女着花筒裙之故。即《伯麟图说》中所记载之花摆夷，其实为水摆夷中的一部分。

苦葱

在山峦林间的小路上，走着三个身背背篓的妇女，其中一人正坐在大松树的树根上，装满东西的背篓放在侧面，右手正放在上面，左手抬起，面带微笑正在说着什么，另一老年妇女正站着专心致志地听着，第三个妇女身背背篓停下，也在侧耳听着。整个画面形象逼真，有身临其境之感。跋文在图的左上方，为：“苦葱俗似糯比，性强弱以地殊，岩居，稗种，疏于仪文，景东厅及普洱、元江皆有之。”苦葱又称苦聪，古称锅锉，今归入拉祜族。苦葱即现在的拉祜族的一个支系，当时在景东厅普洱、元江一带都有。

缅和尚

在郊外的大青树下，盘腿坐着三个身披袈裟的和尚，其中两个正在读佛经，一个老者正静静听着，他们围着竹桌而坐。蓄发挽髻，身穿长袖衫、花边长筒裙的妇女正用托盘托着一杯水送来；另一妇女跪着，头顶一叠经书，左手举起，右手扶着经书；还有两个妇女正躲在树后伸出头来探视。一只小猫围着他们欢快地跑来跑去。跋文在图的左上方，为：“缅和尚，食肉茹荤，以蒲叶书缅家之字，喜蓄鸡猫，诵经时环绕其侧也，普洱府属有之。”缅和尚乃傣族中之僧侣，并非另一民族。其之所以被称为缅和尚，乃因傣族中的佛教是由缅甸传入，因称僧侣为缅和尚，佛寺为缅寺。实际上，缅和尚并非缅甸人，而是当地傣族中的僧侣。

长头发

画面描述了打猎途中的情景。三个披发文身的男子走在艰险的深山之中，一男子坐在路边土堆上，抬起左手，头凝视前方，口中念念有词，似乎在求神保佑狩猎成功，另一男子正坐在地上查看手中的弩弓，神态专一；还有一男子扛着弩弓，腰插长刀，正款款走来。跋文在图的左上方，为：“长头发，性猛，被（披）发，文身，不避艰险，九龙江土练也。普洱府有之。”长头发乃因其披发文身而见称。其实，他们是九龙江上的傣族士兵，当时的汉族因其状貌而任意取名，不能认为是另一种民族的名称。

普洱茶记

（清）阮　福

本朝顺治十六年（1659 年）平云南，那酋归附，旋判伏诛，编隶元江通判。以所属普洱等处六大茶山，纳地设普洱府，并设分防。思茅同知驻思茅，思茅离府治一百二十里。

普洱茶名遍天下。味最酽，京师尤重之。福来滇，稽之《云南通志》，亦未得其详。但云产攸乐、革登、倚邦、莽枝、蛮耑、慢撒六茶山，而倚邦、蛮耑者味最胜。福考普洱府地古为西南夷极边地，历代未经内附。檀萃《滇海虞衡志》云："尝疑普洱茶不知显自何时。"宋范成大言："南渡后于桂林之静江，军以茶易西藩之马，是谓滇南无茶也。"李石《续博物志》称："茶出银生诸山，采无时，杂椒姜烹而饮之。"普洱古属银生府，西藩之用普茶，已自唐时，宋人不知，尤于桂林以茶易马，宜滇马之不出也。李石亦南宋人。

本朝顺治十六年（1659 年）平云南，那酋归附，旋判伏诛，编隶元江通判。以所属普洱等处六大茶山，纳地设普洱府，并设分防。思茅同知驻思茅，思茅离府治一百二十里。

“普洱茶名遍天下。味最酽，京师尤重之。”清代的阮福在《普洱茶记》开篇就写道。从中可以看出，普洱茶在当时应当是相当风靡的。在这幅描绘清代王公贵族风雅生活的图画中，我们似乎可以隐隐看到普洱茶“京师尤重之”的盛景。据传道光就对普洱茶赞叹不已，说：“汤清纯，味厚酽，沁心脾，回甘久，乃茗中之瑞品也！”

所谓普洱茶者，非普洱府界内所产，盖产于府属之思茅厅界也。厅治有茶山六处，曰倚邦，曰架布，曰嶍崆，曰蛮砖，曰革登，曰易武，与《通志》所载之名互异。福又捡贡茶案册，知每年进贡之茶，例于布政司库铜息项下，动支银一千两，由思茅厅领去转发采办，并置办收茶锡瓶、缎匣、木箱等费。其茶在思茅。本地收取新茶时，须以三四斤鲜茶，方能折成一斤干茶。每年备贡者，五斤重团茶，三斤重团茶，一斤重团茶，四两重团茶，一两五钱重团茶，又瓶盛芽茶，蕊茶，匣盛茶膏，共八色，思茅同知领银承办。

《思茅志稿》云："其治革登山有茶王树，较众茶树高大，土人当采茶时，先具醴礼祭于此。"又云："茶产六山，气味随土性而异，生于赤土或土中杂石者最佳，消食散寒解毒。于二月间采蕊极细而白，谓之毛尖，以作贡，贡后方许民间贩卖。采而蒸之，揉为团饼。其叶之少放而犹嫩者，名芽茶，采于三四月者，名小满茶，采于六七月者，名谷花茶，大而圆者，名紧团茶，小而圆者，名女儿茶，女儿茶为妇女所采，于雨前得之，即四两重团茶也；其入商贩之手，而外细内粗者，名改造茶；将揉时预择其内之劲黄而不卷者，名金月天；其固结而不解者，名疙搭茶。味极厚难得，种茶之家，芟锄备至，旁生草木，则味劣难售，或与他物同器，则染其气而不堪饮矣。"

普洱茶的命名之作

道光六年（1826 年），25 岁的阮福写下《普洱茶记》这篇 800 余字的小文的时候，绝不可能想到，200 多年后，这篇文章会成为脍炙人口、洛阳纸贵的名文。20 世纪 90 年代以后，断代百年的普洱茶复兴，普洱茶崛起成为驰名天下的名茶，各种普洱茶著作、文章纷纷出笼，一时汗牛充栋、争奇斗艳，令人应接不暇，但没有一篇文章能和阮福的这篇小文相媲美。原因很简单，因为阮福的这篇小文是专记普洱茶的第一篇文章，是普洱茶的命名之作。它是最初的，也是永久的，因此具有恒久的魅力。

此文虽小，但气魄却大。第一句话就开门见山，掷地有声："普洱茶名遍天下。味最酽，京师尤重之。"这既是为普洱茶定位，也是对普洱茶在清代中期在中国茶格局中的真实地位进行描述。阮福言简意赅，指出在他的时代，普洱茶已是"名遍天下"的名茶，并且，这种茶在京师名气最大。名气最大的原因，一是"味最酽"，普洱茶是重口味的茶，在全国的茶中，没有哪种茶的茶气有普洱茶那么足。"京师尤重之"的第二个原因，阮福下文中接着交代：这是贡茶。这两个交代，其实还暗含了一层意思，阮福虽没说出，但已是不言而喻。这就是，清代的贡茶很多，但为什么只有普洱茶享有"京师尤重之"的盛誉？这说明，在众多贡茶中，只有普洱茶受到了皇族的普遍追捧。这种追捧，其实早在阮福写《普洱茶记》之前 20 余年，就有一则史料能够证明。乾隆五十八年（1793 年），英国国王以补祝乾隆皇帝八十大寿的名义派出以马戛尔尼和副使斯当东为首的800多人的使团访问大清帝国。关于这次著名的访问，最引人关注的事件就是围绕着英使该不该给乾隆行“三跪九叩”大礼而产生的争执问题。但对普洱茶来说，这次事件却有这么一个重要插曲。乾隆接见马戛尔尼使团后，按照惯例赐给他们礼物，以显示天朝的富有和恩德。在所赐礼物中，最多的就是普洱茶，由此可见普洱茶在清朝皇帝心目中的地位。可惜的是，马戛尔尼一行不识普洱茶，打开一看，见那些饼茶、团茶已经发黑，就以为是过期发霉了，刚离开京城不久，就找了条水沟，把那些珍贵的普洱茶扔进了沟渠里。

阮福写作《普洱茶记》，本着他考据的癖好，首先从文献上对普洱茶文献进行了梳理，分别对《云南通志》、檀萃《滇海虞衡志》和李石《续博物志》等文献中关于普洱茶的只言片语进行了分析。当然，最重要的是，阮福利用工作之便，翻阅“贡茶案册”，知道了普洱茶进贡宫廷的细节，产自何地、由什么机构办理、进贡些什么茶品、每年经费多少等等。今日，“贡茶案册”多已毁灭，若不是阮福记在文中，我们已很难知道细节。此外，阮福还引用《思茅志稿》中的资料，留下了清中期革登茶山祭茶习俗以及今日所谓的“古六大茶山”中采摘春茶（小满茶）、谷花茶和制作团茶、饼茶、大团茶、小圆茶（女儿茶）和茶农种茶等各种状况的记载。这些记载，为我们留下了清代中期普洱茶生产、制作和贸易的许多珍贵资料。

当然，作为首位为普洱茶命名的学者，阮福也是有缺憾的。最明显的缺憾，就是他写作《普洱茶记》全凭文献资料，而未能实地到普洱茶区进行考察。因此，他对普洱茶的一些描述，是有欠妥当的。比如，他说：“所谓普洱茶者，非普洱府界内所产，盖产于府属之思茅厅界也。厅素有茶山六处，曰倚邦，曰架布，曰嶍崆，曰蛮砖，曰革登，曰易武。”这句话就大可斟酌，有许多值得商榷之处。其一，既然思茅厅为普洱府所属之地，思茅厅内六大茶山所产的茶，怎么能说“所谓普洱茶者，非普洱府界内所产呢”？其二，就算他说的“普洱府界内”，是指普洱府府治周边附近的直辖区域，不包括思茅厅等所属地区，也欠妥当。

因为今日的宁洱县境内（即阮福时代的“普洱府界内”地区）已发现板山、困鹿山、扎罗山等古茶园，怎么能说普洱府界内不产普洱茶呢?

即使有缺憾，但《普洱茶记》依然值得赞美。除了它首次为普洱茶命名的功劳之外，区区800余字，而能做到气魄不凡，记述翔实，文笔优美，这就绝非一般普通文人所能企及。于是，一个问题又产生了。那就是，阮福到底是什么人物，竟能写成如此奇文?！

史料没有明确记载写作《普洱茶记》的阮福到底是什么人。但从各种证据来看，他极有可能就是云贵总督，著名经学大师阮元的儿子。阮元的儿子阮福生于嘉庆六年至道光三十年（1801—1850年）之间，正是普洱的一个极盛时期。这个时期，正如1799年清人檀萃撰《滇海虞衡志》中记载：“普茶名重天下，……普洱茶所属六茶山，周八百里，入山作茶者数十万人，茶客收买，运于各处，每盈路。”阮福生于普洱茶盛世，深谙茶道，有过著述《贡茶案例》，记述的普洱贡茶的采摘情况、采办情况、解茶情况，语言风格与《普洱茶记》大致相同，《普洱茶记》出自同一人之手合乎情理。此外，《普洱茶记》中说，“福来滇……”道光六年（1826年），阮元上任云贵总督，来到云南，时年已经63岁，作为这么一个上了年纪的老人，有儿子阮福相陪来滇应是情理之事，由此可知，“福来滇”中的“福”，正是阮元的儿子阮福。正因他是云贵总督阮元的儿子，在总督府协助父亲工作，才有翻阅贡茶案册的方便。那个时代，还没有今日的档案馆、博物馆等社会机构，云南“贡茶案册”这类的政府文案藏于总督府，倘若不是阮元的儿子阮福，很难想象有另外一个阮福能够随意进入总督府翻阅这样的文献，撰写出《普洱茶记》。

阮福和父亲一样，同样钟情于经史考据之学，虽然成就、名气远不如其父，但也算著述丰富，有《孝经义疏补》十卷、《滇南古金石录》一卷等著作传，可是这些耗费他大量心血的鸿篇巨制如今早已无人问津，而他无心插柳的随意之作《普洱茶记》却路人皆知，名重天下，也是一件有趣的事情!

陈润如在思茅

陈润如

在思茅的近况

一年容易，又到新春，人家忙得不亦乐乎，我却过着很安闲的日子。在此枯寂的生活里，想读书又以为书中未必自有颜如玉，想操两手又无狗肉的朋友，仙丹又不会炼，肉市又无商量，真是弄到百无聊赖。有时挂起“直带子”，带了这班弟兄们，到操场上“一、二、三、四”“左、右、左、右”地胡闹一回，不然则学学时代化的“裸体运动”，将衣裳脱光了，打两道老师傅见着都要害怕的盲拳，松松这久未经过人道的筋骨，余外只有学些摄影了。说也好笑，人人都晓得思茅是烟瘴之地，可是我来了两年有多，不独毫无毛病，而且体子越发胖起来，精神一天比一天旺，一日三顿不能少，一顿三碗不为多，逢宴会必推我的肚量为最广，弄到下人的二簧变为叹板，叹来叹去都叹不出有什么好咬的来。大概思茅的水土虽然寒削，总不及独睡丸补力之巨，思茅的瘴气虽然厉害，人生得到心平气和的境地，又何往而不快乐和康健呢！

军服本来不是我们的制服，但处在思茅的特别情形之下，样样事都不得不变通来做。思茅乃是环绕皆山的地方，货物俱用骡马来运输，做缉私的工作，非如别处有轮船火车或公路之便利，而且年来五谷不登，到处都有山贼骚扰。若穿起海关的制服，一出去人家便知道是海关人员，有私货的就早早地藏起来了。若穿起便装出去，纵然遇着有走私的马队，勿说动着他们的东西，即行近一步人家都当作你是土匪看待，先要给你一碗莲子羹尝了。所以在这种困难的情形中，不得不做一套军服来穿，一来人家不知我是海关人员，不致走漏风声；二来人家以为我是军界中人，不致向我开火，等到拿获了私货，然后慢慢来同他们讲话。况且路上的土匪见着有穿军服的，都以为是来剿他们的军队，远远地就让开大路给老哥来走过，这岂非一举而两得么？记得我有一次巡缉到一处地方（即滇南之景东县及景谷县），正是土匪闹得最厉害的时候，因为我押了六千余元的罚款，怕途中发生事情于地方官有碍，曾劝我不可走过，但当时我因时间的限制，迫得要火速回思茅，命令各护兵分散行走，沿途乱放冷枪，安然地把这个危险度过，弄得几县地方的人，个个都称我大胆，其实我何尝有什么胆量呢，不过利用一套军服，用一种空城计，便把这无知的土匪吓跑了。大约全国的稽查员中，在服务的时间，穿起国民政府所定的军服，或者算我是独一位了。

1867 年，路易·德拉波特画笔下的边地民族。

我对于军事学识实在一点不懂，教练官则更无资格来当。但是稽查员在思茅关的职务，要管理一班护兵，若不把他们训练一番，一旦有了事情发生，他们不知如何依次序来出力，做稽查员的地位岂不是很危险么？我在思茅关出去巡缉的时候很多，而需用这班护兵的助力不少，因此我在空闲的时间，便神气十足大模大样地充出一个军官来，将这班护兵拉出操场上昏喝一顿，或领他们到野外乱跑一转，于是又过了几个无聊的钟头，这可谓是我生活中一套很有趣味的玩意儿了。

我在思茅已经两年有多，大约快要走了，继我的老哥呀，不要害怕，总要欢欢喜喜地预备来过大手及军官的瘾头。一个小小的稽查员，在别处却不容易有大手做，来到思茅则连军官都做到，虽然未有得着特别的升级，但地位已升高了几倍，这便比别处的稽查员骄傲得多了，然乎否乎？

遇匪的经过

12 月 12 日，奉税务司命，出巡普洱一带，并领着十二名随兵备足枪械然后出发。因近来各处土匪闹得很厉害，沿途非常小心。是日下午三时许在路上遇到几个土匪，各提长枪注视我们，但匪因势力不及，旋即逃去，我们便本其“人不犯我，我不犯人”的宗旨，并不追赶。是晚到了拿柯里（马站名）投宿一间马店。我以为有马站的地方必定太平，晚饭后带了两个卫兵外出散步，行过一所民家，忽然有两人手持棍子枪（土制的枪）跑出来，卫兵举起手枪欲击，但为我所制止，两人亦因一时势力不及而逃去（后来查得此两人便是匪首，是特来侦探我们的虚实）。我回马店后，见情形有点不对，遂命主人辞去别客，将全间马店让给我们，并将大门关闭用卫兵防守。在半夜刚刚入梦的时候，卫兵忽来报告谓从门罅看见三十余个土匪带枪静步经过门前，当时已知被匪包围，立命将屋角防守，准备开点。土匪亦知我们有备，不敢向马店动手。我们守至深夜四时，仍不听见外面声气，遂命主人烧火造饭。饭后天已将晓，于是继续出发。刚刚离开马店几分钟，前面的枪声已到，我立命各人伏下择好地势。随见我们的勇猛小猎犬（此犬是冯自强君离思茅时留下，到了此时方见有用）向前面路边一间小土屋直扑，我们便知匪是藏在此屋挑战，于是齐向民屋还击。同时屋后山上又传来一轮枪声，方知匪喽不少，但处在危急的时候，不得不图绝地求生，故各人奋勇异常。对战了约一小时，匪因枪火不及我们的厉害，有些支持不住，后被我们击毙两名，方从山后退却。我恐前路尚有埋伏，亦不敢上前追赶，命队伍折回马店。一面取好守势，一面派人去请地方团兵。但等了好几个钟头，仍未见有救兵拨到，而且若守在马店愈久，愈给土匪以时间集合，我们岂不是愈危险。我乃命队伍再行出发，用二人先行搜查人家及路口，然后全队跟上，卒能安抵普洱城。是役损失不过几十粒子弹，全队无恙，亦可谓侥幸至极。然能以寡敌众，脱离险地，实有几个原因：（一）未遇事时已有准备；（二）遇事时亦有秩序，因平日

民国时期的思茅海关。思茅是我国最早开展对外贸易和设立海关的城市之一，光绪二十一年（1895 年）6 月，法国强迫清政府签订了《中法商务专条》，其中附章第二条为：“议定云南之思茅开为法越陆路边境通商处所……”当时思茅海关为正关，下设永靖哨查卡、易武、勐烈分关，直属海关总署。1937 年抗日战争爆发后，思茅海关新设机构增多，共有 9 个支关 12 个巡卡。

有训练之故；（三）海关枪支的厉害，为本地之冠，足以震压土匪；（四）事到绝境，不得不死战；（五）便是归功于我们的小猎犬了，因有引导及指示之能。我在普洱的工作已完，本欲急回思茅，但有人告诉我，谓此次土匪实因海关枪支在本地著名，欲在途中劫取，不幸被我们打败，更不甘心，并预备在我们归途中，再作一战，我即求县长派团兵助送我们回思茅，唯因县长是时得着急报，普洱附近之石膏井（开采矿盐之地）已被百余土匪围困，大队团兵已被派去求助，不能立即应我的请求。我迫得在普洱多等几日。后来遇着一帮有几十支枪的马队，遂约好同路，在 2 月 12 日平安回到思茅。原来税务司比我们更焦急，因为他得不到我们真实的消息。同时我亦得到调我去拱北关的谕令，阿弥陀佛！感谢上帝！监期就在此时完满了！我在思茅这两年半，实在什么苦头都已挨过，恨不得一步跳出苦海，一旦得了这个大赦，在别人处之其有不心花怒放者吾未之信也，我亦人也岂独不然哉。然临去秋波，未免尚有留恋之意，因为在思茅过大手及军官瘾是很有趣味的，现在让给我的继任人高福清君来领略吧。

民国时期，一个海关稽查员在思茅度过的两年半时光

20世纪30年代的思茅长期笼罩在疟疾的阴霾中，“思茅”二字一度成为人们避之犹恐不及的烟瘴之地，很多人宁愿绕行，也不愿在此多作停留。那一时期的思茅，交通为群山所阻隔，公路时为山洪泥石流所毁，运输基本只能依靠马驮人背，通信也极其落后，真正是边疆的边疆。因此，不仅地方行政办公的条件非常简陋，管理也相当乏力，不仅不能有效组织医疗人员根除疟疾对百姓的危害，更难以有效地应对那些如同“花苍蝇”一样无法彻底铲除的匪患。但是，除了那些为生计忙活的马帮商人不得已非经此地之外，还有一些因职责所在，必须在此待满任期的公职人员，他们都得鼓足勇气，打起十二万分的精神，像苦行僧一样在思茅工作和长住。

陈润如是在1931年到1934年间，奉命到思茅海关效力的一个普通稽查员。他曾形容在思茅约两年半的时光如同“监间”，但毕竟是个年轻力壮的汉子，在他后来描写这段工作经历的文字中，不仅让人们看到了闲散寂寞的小公职员的生活，也让人们领略到了与匪遭遇的惊心动魄的经历。从他的经历中，可以看到这位看似玩世不恭的稽查员其实工作很用心，也有智慧，不然在那险象环生的情景中恐怕早就壮烈殉职了。除了文字之外，他还留下一组思茅的旧照，虽然年代久远，并不是那么清晰，但记录了这位陈君尽职工作的情景、商旅掠影，以及那位惊为天人的土司公主，尚能窥见往日思茅的生活风貌，回顾流逝的光阴。

1938年思普边地行

——姚荷生《水摆夷风土记》节选

姚荷生

铁索桥和李凤姐

从通关到磨黑，路上有两件东西在我们心中留了很深的印象。一是把边江上的铁索桥，一是把边村中的李凤姐。

由通关街出发，起初是石板路，很平坦，几里后，就下一个很大的山坡，叫仰天坡，如果从山下向上看，确是名副其实。坡极陡，有几处斜度超过四十度。我们只得下马步行。几里以后又是石板路，石块多半已凌乱破碎，更觉得既陡且滑。前几年所谓边情专家陈碧笙君经过这里时，连人带马一齐滑到山底。所以我们步步留神，总算安全走到坡脚。蛮干河绕在山下，河床很宽，不过现在是旱季，只有线似的一条流水蜿蜒在乱石之中，我们在满是沙砾的河床上走，河道曲折在万山中。乔木灌木把山装点成绿色，在这绿幕下常隐藏着强人。我们的队伍已经拉得很长，一两个人走着，听到风声水响，都有点心惊胆战。二里后又爬上山坡，约数里到哨牌。这是个三四十户的村子，居民都是旱摆夷，看样子似乎很穷苦。再过去就到大沙哨。联络墨江普洱的公路正在开工，这里设有分段工程处。主持人客气地招待我们，我们便在这里休息并开哨。

饭后沿着把边江走，约一小时到运通桥头。这是云南的一座很有名的铁索桥，用腕般粗的铁索联络把边江的两岸，铁索之间有许多铁棒把它们连接起来。上面铺着木板，大概年代久了，好多块木板已经腐烂。桥两边还有铁条组成的栏杆。整个桥长约七十二米，宽约二米。桥上同时只能让四五个人或马前后行走，再多就吃不住了。假使江两岸都有马帮到的时候，一边的人马便停住，让另一边的人马先过来。因为桥很长，下面又没有支柱，走到中间，觉得它摇摆得很厉害，头里有点晕眩。如果再向下一看，那十几丈下的水面，跳踯着愤怒的浪花，像要冲上来把人马拖下去，格外使人害怕，两脚发软，简直要落了下去，所以身体虚弱的和胆小的人就不敢一个人过。妇女们——当然是娇贵的太太小姐们——总是坐在滑竿上，闭着眼睛，让人抬过去。桥的两头各建有

下把边江上的风雨桥，不但为南来北往的马帮商队遮风挡雨，还是他们在劳累旅途中歇脚的地方。周光倬摄于1935年。

高楼一座，跑到楼上可以俯瞰人马在桥上来来往往。

过江后都是平路，路旁的树木长得极茂盛，虽然已到深冬，满眼还是一片绿色，二十余里到奎阁。奎阁下去，有一条很宽的河床，河水差不多完全干了，河底全是细沙同乱石。走在上面，很不舒服。穿过河后再一里就抵上把边村。我们分宿在宏义乡乡公所和陶家马店。听说附近的匪很多，前任乡长就被匪戕杀在乡公所里。我们吩咐卫兵特别警戒。上把边的居民全是旱摆，不过差不多完全汉化了。他们用汉人的姓，着汉服，说汉话，甚至门前也贴春联，堂上也供天地国亲师的神位，唯一的区别，只是妇人服装的式样，其实和三十年前汉族妇女所着的也还是一样，不过她们从未缠过小脚罢了。

把边村是迤南交通的一个要站，每天有许多马队要从这里经过，所以村中的马店特别多。全村虽不过四五十户，倒有十几家马店。云南的马店普遍照牲口的数目收费，马锅头的住宿是完全免费的。马店最大

下把边江上的运通铁索桥。运通桥是茶马古道上一座重要的铁索桥，用粗壮的铁索联络着把边江的两岸。周光倬摄于1935年。

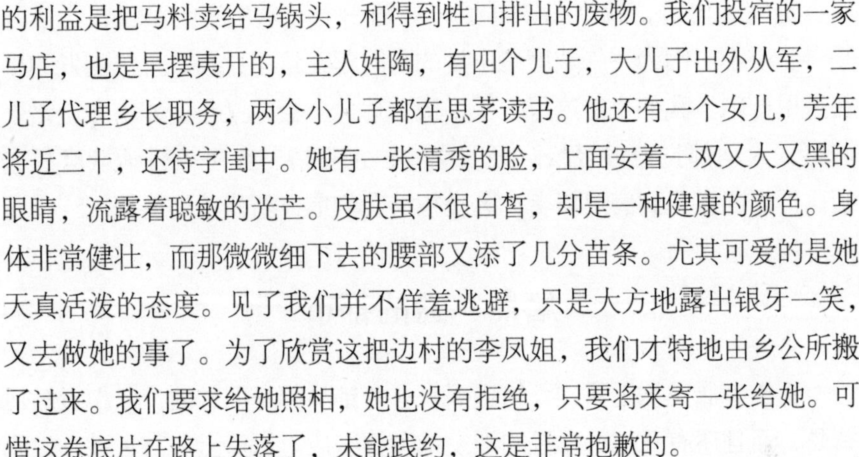

的利益是把马料卖给马锅头，和得到牲口排出的废物。我们投宿的一家马店，也是旱摆夷开的，主人姓陶，有四个儿子，大儿子出外从军，二儿子代理乡长职务，两个小儿子都在思茅读书。他还有一个女儿，芳年将近二十，还待字闺中。她有一张清秀的脸，上面安着一双又大又黑的眼睛，流露着聪敏的光芒。皮肤虽不很白皙，却是一种健康的颜色。身体非常健壮，而那微微细下去的腰部又添了几分苗条。尤其可爱的是她天真活泼的态度。见了我们并不佯羞逃避，只是大方地露出银牙一笑，又去做她的事了。为了欣赏这把边村的李凤姐，我们才特地由乡公所搬了过来。我们要求给她照相，她也没有拒绝，只要将来寄一张给她。可惜这卷底片在路上失落了，未能践约，这是非常抱歉的。

夜间三点多钟这位李凤姐便起身煮饭。我们睡觉的堂屋也就是厨房，烟火气不断地冲进鼻子，旁边的朱老大又一直地高声说梦话，弄得我再也不能安睡，只是合着眼睛躺到天亮。

吃了早饭从村后上把边坡。刚上路不久，对面就来了大批驮盐的牛马。据马锅头说，他们是今早由孔雀屏来的。这一条山路极狭，不能容两匹马并排行走，对面的牛马拥塞在路上，我们简直无法走过，只得站在路旁等着。大约一小时才完全过尽，我约略数了一下，共有马九百余匹，牛百余头。可见这条路运输的重要了。

此后总是上坡路，越过越高，经黑泥洼、大荒地至芭蕉岭。这是最高的地方，四面无数的圆顶的山，一圈圈地排列着，直到天的尽头。一路上零星地有几十户人家，那些矮小破烂的茅屋，骨瘦如柴的主人，不用问就知道他们是世界上最困苦的农民。山坡上都光秃秃的没有一根草木，因此土壤受水蚀作用很厉害，不断地流到山脚下。路口有几处已经崩陷下去，旅行人不得不从高处绕过。如果不赶快植树，将来土壤一定越来越薄，梯田也无法存在了。过芭蕉岭，到五里箐（云南人所谓箐是指两山夹一溪而树木茂密的地方）。这是一条很长的下坡路，坡的右边的峡谷里有一线潺潺的流水，附近的空气比较潮湿，草木也就很茂盛了。

走完五里箐，就到孔雀屏了。这是一个五六十家的小镇，马店几乎占了一半。因为下午从磨黑出发的马队都在这里过夜，上午出发的则在这里开哨。我们也在这里吃了午饭，休息一会儿又走，差不多全是下坡路，人马都觉得很轻松。经四堂庵、永安桥、大桥等村落抵磨黑老街。再走四五里到磨黑新街，区长招待我们宿在新修盖的岳祠。

磨黑：盐的都市

新街有居民六七百户。街道很长，店铺虽都是旧式的，但洋货触目皆是，而且还有几家很摩登的理发铺和西服店。街道上非常污秽，牛尿马粪，随处都是，污水泛滥遍地，一股臭气直冲到脑里，近年来瘴气由普洱传到磨黑，非常猖獗，每年要毁灭一两百条生命。这种龌龊的环境，自然很适于蚊虫的繁殖，无怪疟疾这样厉害。本地人虽然对于这可怕的病有点谈虎色变，可是竟没有人想到把街道清除一下，就未免奇怪了。

磨黑是普洱的两大产盐区之一。另一处是石膏井，不过近年来产量大减，渐渐无足轻重。现在是磨黑的全盛时代了。磨黑的老盐井本来在老街附近，近来开采完竭，制盐的中心才移到今日的新街。盐的蕴藏量很富，产量也很高，差不多迤南各地盐的消费，全靠这里供给。街上共有烧盐的灶房三十二户，灶七十六条。我们去参观了一家姓杨的灶房。杨家有三条灶，每条灶上安十七只大铁锅，一层层排列上去，像石阶一样。灶户从盐务管理局的盐场领到矿盐，浸在水池里，溶成盐卤。然后把卤倒在锅里煮，煮盐的燃料是木柴，这些木柴都是由孔雀屏等处运来的，附近的树木差不多全给砍光了，山上一片童秃，可是并没有人栽植新树，将来煮盐的燃料确是大问题呢。烧两天一夜，下面的十只锅就煮干了。盐在锅里凝结成一大块，于是加点香油把盐块取出，其余的锅则烧四五天或六七天不等。每矿盐百斤可煮成盐六七十斤，然后再把盐缴给盐场，每百斤可得工本洋一元六角半。据杨家的管事赵君说，杨家每月可出盐五六十万斤，烧柴一万余担，每担柴价约四角。照此算来，每月可赚三四千元，除了各项开支，所余也就有限。杨家还是大灶户，其他小灶户的情形可以类推，不过这是就民国二十七年（1938年）的情形而言，那时的生活程度还很低呢。

后来我们又去参观矿穴，矿的洞口在街头的山上，约有房门般大小。洞里用许多木柱撑着，有六七里深，空气极潮湿而闷人。虽然也有些通风筒，可是构造得太简陋，并不能改进矿中空气的情形。盐矿像是一大片白色的岩石，矿工用铁锤一块一块地击下，用竹筒背了出来，他们的脸色都是惨白的，眼睛没有一点神采。大概没有人比他们的生活更不卫生更痛苦了。

回来的路上遇到几个碧约女人和麻黑（**编者按：从目前公开出版的有关资料中，还找不到云南26个民族中过去有此称谓者。从作者写此书之后的70多年间，云南也未曾有过民族大迁移的情况。该地目前为宁洱哈尼族彝族自治县，若无什么特殊情况，作者所言麻黑人可能是与这两大民族有关的支系**）女人。麻黑姑娘穿着青布上衣和短到膝部的青布裤子。她们最重要的特点是背后梳了很大很长的两条辫子，耳朵上戴着极大的银环，直径大概有二寸多，麻黑人也是倮倮族的一支。

夜间微雨，早晨还是蒙蒙地下着，等到十一点钟，仍旧没有停止，我们只得冒雨出发。不久就要上一大坡，现在正是旱季，好久没有下过雨，土硬得同铁一样，这场细雨只把表面的土弄湿。路面像涂上一层油，比最讲究的舞场的地板还要滑。我们看到前面的同伴接连地滑倒，正在好笑，但不久我们自己也连人带马地摔倒了。如此奋斗了一二里，弄得浑身都是泥水，而且精疲力竭，远望山顶，还隐在烟雨之中。我们觉得要在今天赶到普洱是无望了，于是又折回磨黑，在屋里闷坐了一天。

这天夜里又是一场大雨，次日清早渐渐歇了。我们不能在此长久逗留，决定不顾一切上路。本地人说旧路好走一点，我们就改走旧路。先经过老街，街上处处是断墙颓垣，寂寞凄凉。自从老盐井废塞后，这里就退为纯粹的农村。靠矿兴起的都市，繁荣的时期总不会很久。走完街子，就上一个很高的坡子，这是有名的二太坡。路上有几处很滑，有些地方变成泥塘陷住了马足。我们遂跳下马来，一面走一面爬，经过一场艰难的奋斗，最后到了坡顶的土地堂—— 一个凄凉的三家村。这条路上也常有散匪出没，所以一路看到些荷枪护路的壮丁，向过路的人马收一点保哨费。从土地堂下坡几里，在茶庵开哨，饭后继续下坡，路很宽大，全是用大石块砌成的。坡尽头到酒房，这个村庄以酿酒制醋出名。从这里过去，就进入普洱坝子了。坝子里小丘起伏，已耕的田地还很有限。一路上见到不少的大小村落，分布在山脚水边。四时左右，抵普洱县城，借居在城内建设局里。

哈尼族妇女素描，选自亨利·奥尔良《云南游记——从东京湾到印度》。姚荷生文中的碧约女人和麻黑女人，均属哈尼族的支系。

建设局又是借用的江西会馆，这房子宏伟壮丽坚实，是我们沿途所仅见的。黔滇两省，每一个较大的县城差不多都有万寿宫（即江西会馆），建筑得富丽堂皇。可见江西人在这里的势力相当雄厚。甚至有些夷人，也冒充从江西来的。据道得（Dodd）说，他在普洱的乡间见到一些摆夷，他们都自认他们的祖先是从江西迁来的，而且知道江西在普洱的东北有三十三站路呢，什么时候江西商人大批地跑来西南，我们却不得而知了。

磨黑的锅盐。1935年，时任国民政府外交部“特派云南边地调查专员”的周光倬，与他的同僚们来到磨黑，为我们留下了这两张弥足珍贵的照片，使我们得以从中一窥当年磨黑盐井的盛景。

宁洱：没落中的重镇

宁洱，这名词似乎有点陌生，可是提起普洱，大家一定很熟悉，尤其是喜欢品茗的朋友们。现在的宁洱县城就是以前的普洱府。

普洱以产茶闻名全国，实则所谓普洱茶，并不产在宁洱县城境内，产茶的六大名山，如攸乐、依邦等都在十二版纳。在清代十二版纳是附属于普洱府的，而且茶叶的交易也集中在普洱，因此便称之为普洱茶。普洱茶业极盛的时候，每年西藏人赶着成千的骡马，从维西、下关南下到这里来贩茶。但是现在茶的交易完全给佛海夺去了。

没有一个都市兴衰的经过像普洱这样短促。普洱从归流设县到今日，也不过两百多年，但已经历尽了沧桑。在元明两代，元江是迤南的重镇，清初普洱改土归流后，军政的重心便渐渐南移到普洱。普洱在清代为府治，民国废府，改为普洱道。南边控制十二版纳和印度支那半岛，为昆明的屏障。它之为迤南军事、政治和商业中心者达百余年。后来十二版纳归化，它在军事上的重要性渐渐减小，等到佛海市场建立，它的商业又一落千丈，普洱从此慢慢衰老了。民国二十年（1931 年）后瘴气由思茅传入，更剥去了它最后一点生气。据县政府的调查，民国二十一年（1932 年），全县共有一万四千七百户，七万人口，到了民国二十七年（1938 年），只有一万零七百户，四万八百人口，六年之间，人口减少了 45%。普洱是如何趋向没落，是可以想象得到的了。

疟疾在普洱夺去的生命之多，可和任何疫疠相比。据说在厉害的时候，每天城门口要抬出百多口棺材。近来地方人士渐渐明白了瘴气的道理，所以对于公共卫生非常注意，城头上、屋角边的草，都铲得干干净净，街上扫得清清楚楚，污水垃圾也不许乱倒。和磨黑街的污秽相比，真有天堂地狱之感，无怪瘴气要从这里迁到磨黑去了。这种由无数生命换来的进步，不知是否可能永久保持下去。

普洱虽然破落了，但仍旧保持有世家的风度，那整齐雄伟的城墙，宽大干净的街道，和弥漫全城的一种休闲的空气，给我一点良好的印象。不过普洱的物价却昂贵得很，后来多方探听的结果，才知道这是磨黑海关分卡乱抽税的结果。不但外来的货物要缴税，就是本县的出产也不能例外，例如芝麻之类的物品，抽税之巨，令人难以相信，这样物价怎能不贵呢！

这里的政治情形谈起来也实在可哀。迤南的最高行政长官是普洱的殖边督办，他的德政，是尽人皆知的。那些管家二爷们的气焰，马锅头们谈到是直摇头。县长有五十岁左右的年纪，上唇留着一片漂亮的短髭，脸上堆满了假笑，一望而知是个仕途中的老滑头。多年的磨炼，浑身一点棱角也没有了。他的鸦片烟瘾相当地深，也好打牌，常常邀我们到县衙内去雀战。牌桌就在烟铺旁边，他过来殷勤地劝我们吹两口烟："不吹'六山'烟，到此也枉然……六山烟是我们云南最有名的好烟……请来随便吹几口……哈哈哈……"他治理宁洱的成绩，我们不很清楚，不过有一件事值得一记。现在省政府注意交通，因此各县都兴筑公路，宁洱境内的公路约长一百五十公里，需工数万。最近征到民工数百人，做工好多天，才完成七华里，照政府的规定，征用民工，应给相当的工资。可是这里的民工不但得不到一文，还要从遥远的家中带粮食来吃。本来农民的生活已经够苦了，终日工作只换得勉强一饱。在这样的情形之下，叫他们如何生活？只有纷纷地逃亡了。再加以不合理的征兵，所以境内的农民一天天地减少，而盗匪却越来越多起来。

普洱的名胜是西山，远远望着，那些悬崖绝壁，苍松翠柏，也很有几分秀气。清道光《普洱府志》上说：西山有八景，叫作什么天碧晓霞、回龙夕照、东岭兰莩、西岭温泉、仙洞春云、龙潭秋月、茶庵鸟道。这些都能算作绝景，岂非又是八景病在那里作祟？所以我决定不去登临了。又有土人告诉我，西山有一件宝贝，那是一对极大的蜈蚣王。从前有个西洋人来，捉到一只，带到大理的时候，忽然狂风暴雨大作，几万条大小蜈蚣飞舞而来，吓得西洋人又把大蜈蚣放掉。这当然是看到西洋人采集生物标本而编起的传说，因为在他们看来，西洋人花费许多金钱来采点小虫青草，实在有点不可解，大概其中定有秘密，不是捉妖便是取宝了。

西山的八景虽然没有一一探访，但也欣赏过它的一景，那是西山脚下的龙潭。其实说赏过一景，也还有点自夸，我们去的时候正是冬季，而且是白天，秋月并没福看到，所以只能算是赏过半景。云南人似乎喜欢夸张，凡是泉水都称为龙潭。因此云南的龙潭之多甲于天下，平均每县都有一两个，可是普洱龙潭的风景确是我所见过的最好者之一。

这是路易·德拉波特画笔下行进在云南山道上的马帮和商队。

潭的背面靠着雄伟的西山，附近是整齐的水田，潭的面积三四亩，水清见底。旁边筑有瓦屋二进，后进祀龙王，前进有楼一层，叫作迎月楼，普洱人士常在此楼宴客。我们伏在栏杆上，静静地看潭中的鱼儿，一个接一个游近水面，吐出一串珍珠似的气泡。暂时忘掉了一身的风霜，遍地的烽火，也是浮生难得的福气。

一路山歌唱不住

出普洱城，是一条宽广平坦的大路。我们豪兴大发，拼命地鞭着马跑了一阵。云南的马登山涉水时很得力，但在平地上奔驰则非常不行。骑在马上，身子颠簸得像坐在北方大车里走过乱石路上。虽然只跑了一二里路，已经给颠得浑身酸痛了。不过遇到这种稀有的康庄大道，还让它踱方步，总觉得不是味儿。

坝子里村落很多，而且房子多半是瓦屋，显见这里是富庶的地方。普洱以前原是蛮夷之区，现在城乡的人民都已彻底汉化。就是那些纯粹的摆夷或麻黑血统的农人，也不肯自居蛮夷，总说自己是汉人，而且会冒充祖籍应天府。走完坝子，又得爬山，好在坡子不高也不陡，到了坡顶的猛海田，休息一会儿，接着就下一个很长的坡子。坡底有一条小涧，水清而浅，我们骑着马在水里走，觉得很有趣味。大约一里光景到大桥。在这里开了哨，又继续上路，不远就到清水河，河宽水急，上面新建了一座大而美的石桥。冒安（Mangham）曾再三赞叹中国人好美的天性，尤其是在石桥上的表现。他曾说中国的穷乡僻壤里也有许多好看的石桥。有时与其说是为了便利行旅，还不如说为了增加自然的美丽。这个观察在这里得到证明了。这座大石桥不但商旅称便，而且配着四周的高山绿水，简直构成一幅美好的图画。过河后，一路倒还平坦，傍晚抵烂泥坝，这是一个十几户人家的小村。村后是高山，村前有一条小河，河那边又是连绵的高山，像是很贫瘠的区域。夜间宿在马店内。

夜里受了风寒，第二天头昏鼻塞，四肢疲软，不能骑马，只得雇

哺乳的哈尼族少妇，满脸充满慈祥与母爱。选自亨利·奥尔良《云南游记——从东京湾到印度》。

了滑竿上路。起初沿着河走，河边山上，树木极茂密。看不见里面的人影，只听到透出来的一阵阵的歌声。这是用假嗓子唱的女高音，尖锐而凄厉，不像是快乐的欢呼，倒像是受着艰苦生活的重压的呻吟，是对残酷的命运绝望的抗议。《水经注》载："巴东三峡巫峡长，猿啼三声泪沾裳。"可是这种歌声比三峡猿啼更引起行人的悲凄之感。头昏昏的不知走了几里，又上一个高坡。滑竿夫前呼后应地一步一喊，像淋着雨一样，他们的衣服慢慢给汗水浸透了。我很想自己步行，无奈浑身没有一点力气。坡顶有茅屋两所，我们就在这里开哨。马锅头告诉我们，前面不远就到樱桃塘，也是有名的匪窟。我们仗着人众枪多，倒并不害怕。饭后下坡，路全是大块青石板砌成，每级有四五尺见方，可是很陡很滑，骑在马上有点危险。坡底就是思茅坝，在落日余晖中，远望着萧条的思茅城出现在荒草凄迷的坝子中间。

不堪回首话思茅

思茅是这一路最后的一个城，也是汉族文化最南的一个据点，由此向南，我们不再见到雉堞起伏的城墙，不容易再听到汉话、再看到汉人的生活方式了。照理说，一个位于两种文化交替地带的城市，总带有两种文化的特质。但在思茅城我们看不出一点夷族的影响，和内地的城市相比，没有一毫差别，它也是百分之百的汉族文化的产品。

许多地理书上都说思茅是云南迤南的大商埠，我们总以为它是很繁荣的。可是到这里以后，才知道有些书中的记载不完全可靠。思茅的兴衰和普洱一样地短促，可是现在残破衰败的样子，还要超过普洱几倍。思茅在清雍正年间才设为县治，光绪年间《中法条约》辟为商埠。因为交通的不便，商业始终没有发达过。这里设有海关，但是没有进出口货物。只得在附近各县多设分卡，对本地货抽一点税。据说全年的收入，还不及上海关的一日，仅够维持本关的开支而已。这种无用而病民的机关，为什么还让它继续存在？

以前十二版纳的茶运到普洱要先经过这里，所以商旅频繁，也还显得相当繁荣。自从佛海茶市成立后，它便遭到和普洱同样的命运，民国十九年（1930年）瘴气由车里传过来，人民死的死、逃的逃，全县的人口减少了十分之六，到了二十年（1931年），人口少得连成为县治的标准都不够了。现在城内处处是断墙颓垣，有些房屋因为主人全家死尽，只剩得铁锁把门、烂窗迎风，里面盘踞着鼠雀的家庭。那些荒凉的景象、衰败的气息，令人有坐在垂死者旁边的感觉。据说有一次一个乡下妇人进城来，忽然内急，找厕房又找不到，后来在城角看到一座破庙，也不顾菩萨在上，就跑进去解手，出来时在门前看到一个过路的人，便问道："大哥，这是啥子娘娘的庙呀？""庙？这是县衙门呢！"真的，假如你不认识字，而门口的卫兵又偷跑到烟馆内吹洋烟时——这是常有的事，你能不把这座衙门误认为破庙吗？

城外的情形格外凄凉，有好几个村庄，全村的人不是死了就是迁了，只剩下一所所的空屋，听任风雨鸟兽的侵凌。思茅坝的土壤据同行的专家说是一路来最肥沃的。也因为人工的缺乏，大半的稻田都变成熟荒，里面生满了顶茂密的长草。我们初到思茅的时候，曾有人来和我们说，城外某家，有婆媳两个，家中有瓦屋五间和良田五十亩。因为男子死光了，她们想招赘一个女婿当家。只要他能拿出三百元现金（云南银币）。可惜我们都不想成家立业，否则花最少的代价，换得这样许多产业，还有一位年轻的媳妇，也可算是最大的奇遇了。

近来政府提倡开发边疆，预备造一条公路连接昆明和车里，同时把个碧铁路延长到佛海（石佛铁路）。这条铁路从前达维斯曾提议过，不过他又说，这一路没有大量的重要的出产，将来是否能取得适当的代价，大是疑问。现在思茅正在征集民工修筑境内的这段公路，但是思茅的农民所剩有限，究竟能征到多少民工，工程何日可以完成，都在不可知之列了。

思茅县长是一个给烟酒弄糊涂了的家伙，一张无血色的脸，整天没精打采的样子，给人一种不愉快的印象。不过他治理人民虽然糊涂，刮钱的本领倒很不弱。

思茅还有两位重要的人物，一位是海关巡查委员丁某，现在有五十左右年纪，少年时候也是周处一流人物，后来凭着一双手、一张嘴，挣起一副好大产业。好结交天下英雄，凡是过往的官吏巨商，他都招待，就是穷途落魄的好汉，前去投奔，总没有空手而返的。在迤南诸县，丁委员的威望相当高，只要有他一张名片，大概各地可以通行无疑了。我们曾经扰过他的一餐丰盛的象鼻宴，菜味确很不坏，丁家的厨师在迤南也很有名声。另一位人物是张营长，虽然是武人，现在已经不带兵了，他现任迤南鸦片运输处主任，常领大队人马到澜沧收买鸦片。这是最美的肥缺，因此已积下不少的财产。他也以好客知名。他部下的兵丁以勇猛善战著称，往来的马队，只要挂了张家的旗号，土匪是决不敢惊动的。

质朴中的美丽和凄凉

1938年冬，华侨巨商胡文虎建议云南省政府开发云南边疆，他愿提供资金。为此，云南省建设厅组织了一个边疆实业考察团到普洱、西双版纳进行调查。云南省政府要求在滇的中央有关研究单位派人参加，西南联大的清华大学农研所就派姚荷生参加。调查团从昆明出发，途经普洱，在西双版纳的车里（今景洪）、佛海（今勐海）、南峤（今勐海县勐遮坝）三县等地做了两个月的调查就匆匆回到昆明。而姚荷生却对这里淳朴好客的傣族（原称水摆夷）人民着了迷，决定一人独自留下，继续做些调查，他做了详细的笔记，拍了很多照片，直到1939年深秋才回到昆明。后来，他利用空暇，把在西双版纳搜集的资料、笔记、照片整理写成《水摆夷风土记》一书，于1948年由上海大东书局发行。

此书一面世，就得到我国著名社会学家和民族学家费孝通教授的重视，并赞誉姚荷生先生是当今进行少数民族社会调查，特别是对傣族历史文化进行研究的第一人。初版印数较少，1990年上海文艺出版社把此书收入《民俗、民间文学影印资料丛书》再版。2003年云南人民出版社又把此书收入“旧版书系”重新排印。上海文艺出版社在出版说明中指出：“这是一部详述西双版纳风土人情的游记体著作，作者以自然客观、清丽洒脱的笔触，描绘了一幅充满生活情趣的本世纪30年代的傣家的风情画。它有较强的资料性，提供了民俗学、历史学和社会学研究的重要参考资料，有较大的研究价值。” 近年来，日本的学者通

过文献研究和实地考察，得出一个惊奇的结论：他们的祖先竟是我国云南少数民族之一、聚居在西双版纳的傣族。因为无论从文化习俗、饮食服饰、宗教信仰、语言文字等方面都有极其相似之处，从而在日本掀起一股到我国云南西双版纳的寻根热。日本东京女子大学的教授多田狷介还将《水摆夷风土记》全译成日文出版，成了日本畅销的读物。

《水摆夷风土记》分两部分。第一部分"征程记"，叙述了作者从昆明到车里的旅途艰危。在数十天三千里的行程中，冒了不少的险，吃了不少的苦。有时爬上千仞高山，滑下万尺深谷；有时从马上跌下来，泥里滚过去；有时要涉过湍流，穿过毒雾恶瘴；有时经受了风雨的欺凌，容忍了饥渴煎熬；有时走过虎豹的巢穴，又要防备盗匪的袭击。其中，穿插了很多奇闻趣事、传说掌故，引人入胜。该书第二部分为"十二版纳见闻录"。作者以巨大的热情，自然客观地描绘出20世纪30年代西双版纳傣族的生存状态、民俗风情、自然环境、社会组织、语言文字以及民间文学等。

本书的《1938年思普边地行》编者按：节选自《水摆夷风土记》的第一部分"征程记"，记述了作者从把边江到思茅的历程。作者笔调清新自然、质朴流畅，以客观写实的笔法，记述这段旅途中的见闻。在他的记述中，普洱大地是质朴美丽的，一如他在把边江见到的"李凤姐"，而这种美丽中又有一种难言的凄凉，犹如落日余晖里荒草凄迷中的思茅城。这就是那个时代的普洱大地，一方面风光秀美、人民质朴；另一方面，由于社会经济发展滞后，加上政治混乱、天灾人祸，这里又充满人世间的辛酸和苦难。

1935年的普洱大地，由于社会经济发展滞后，加上政治混乱、天灾人祸，这里充满人世间的辛酸和苦难。

1944年冬普洱行

——马子华《滇南散记》节选

马子华

芜城赋

那是多么荒芜的城啊！城的雉堞已经倒塌了不少，正像一个老妇人的脱落残缺的牙齿那样的难看，从每一块石砖的缝隙中间，生长出很长的茅草和很大的仙人掌来，就像披下来的头发，杂乱、蓬松。

城门已经不必要掩闭，也没法掩闭了，当你走进去，会有一阵寒风从里边吹了出来，使你冷凄凄的。举目一顾，你会疑心你是走在城郊，因为在城的里面比你所想象得到的旷野还要荒凉和寂寞——那里面全是一人多高的茅草，在风里摆拂着，有十亩那么广阔，是谁也没有勇气走进去的。再有更多的仙人掌、铁蒺藜和霸王鞭，生长在周遭四面。

里面确实已经很难看见一间屋舍，连庙宇都不复存在，但你走过的地方确实是过去的街道，用很光滑的石板镶砌得那么宽敞而整齐、阔气而平坦，的确是曾经让州官们的马轿、大商人和居民们的马蹄足迹所践踏过的街市，但是现在，被蔓草从两旁挤了过来，中间生满了苔藓和小草，它们在准备滑倒新来的客人。

你还可以看见路侧高大房屋的石脚和墙基，这表示给你看当年栉比的房舍和店铺是如何繁盛地连接在街道的两侧。间或你也可以看见一两间破瓦残垣的房子，大门是为尘所封，或是为一把大铁锁扣住。有的门虚掩着，如果你肯推开来瞧瞧的话，你将会看到一两具白色的骷髅直挺挺地横置在地上，没有一个亲属能够替他掩埋。

风在细声地吹过去，萧然地响着。

乌鸦和苍鹰在天空回旋，鸣叫着。

忽然听得草间索索窸窸的响声，一个黑色的东西钻了出来，把我们吓了一跳。站住定眼一看，是一只饿得很瘦的狗，它拖着尾巴，伸着舌头，尖的耳朵和红的眸子，非常像一只小小的饿狼。

夕阳淡淡地舐在蓬草的颈子上，吻在枯树的身边，显得分外地冷漠，分外地寂静。此时，我们走上一个斜坡，方才看见有点房子，那便是县政府，这官廨在若干年以前，据说是很宏伟壮丽的建筑物。

这座官廨没有大门，没有两厢，我们可以一直看到大堂，大堂也是那么颤抖抖勉强支持着它病弱损伤的身体。两根柱子和一排屋椽，都向左侧倾斜得很厉害。案旁放着两尊最低限度已有五六十年的古老大炮。放着是作为古物陈列呢，还是增加堂威？那是难以揣测的。

我见到那一位曾经是老朋友的县长大人，他愁眉苦脸地蜷缩在花厅的一间小屋子的暗角里。

这便是沿边最有名的城市——思茅。

瘴疠和其他流行于边地的瘟疫，摧毁了这座城市。它把全县三万户居民杀害了十分之九，现在仅仅有三千户人口来支持着“思茅”这一个名称。这是多么可怕的天灾啊——当一个人早上才感到不舒服，有点发热，到晚上，他便在不可救治的挣扎中离开了人世，他们的骨肉，他们的街邻，一家一家地死绝了，留下来的人们便往很遥远的地方逃亡、逃亡，于是这偌大的边城便十室九空。

“当其全盛之时！”故老们用鲍明远的哀伤的口气说，“那时的思茅是西南沿边最繁盛的城市，从澜沧江和怒江两岸运进来的和从滇越铁路沿线运进来的货物都集中于此，这里是兽皮、鹿茸、麝香、虎骨、熊掌…… 一切山珍的出产地和药材、茶叶、食盐、布匹的集散地。少数民族和汉族非常亲洽地在这儿交易买卖，这里有收入非常丰富的江海关，这里的繁荣使得居民们都逐渐地富有了。”

本地的人民指点着一个城外百亩广阔的场子，那曾经是来往思茅的马帮集中交易的地方，他们曾记得每一天有千百匹骡马集中在这场子上喧嚣着，但是今天，却长遍了荒草，再没有人马的踪迹。

就因为天灾，商贾裹足，这儿也就冷淡了，人口相继逃亡，富户远远地迁居，思茅形成了今日的荒凉。

正如县长大人所说的“老虎和豺狼已经进城来散步”了。它们常常把妇孺衔了去，吃得光光的，前些时候这里驻军的一个卫兵在夜间站岗的时候，结果了一只老虎的性命，他的长官把那一块漂亮的虎皮拿了去，犒赏了他十多块钱。

滇缅边境的战争曾经使这城市成为一个重要的地区，美国佬在距

边地的少数民族 / 路易・德拉波特 /1867 年

城五里路的地方开辟了飞机场的加油站，有若干巨型的运输机经常降落于这个机场。

1942年夏季。在华氏92度的气候之下，从加尔各答来的三辆运输机上下来了一队“国际防疫救济团”，由抗疟总会的一个美国军官率领着拜访思茅的行政首长，商讨救济边地的瘴疠时疫。

“县长先生，像时疫死亡如此厉害的城市，我们在北非或马来亚等地都没有见过，这确实是非常危险的区域。我们看过专家的研究报告，有三十三种毒菌侵袭着你们千万的人民。”美国人叹息而热忱地说，“我们希望能够尽力帮助扑灭这种毒害。但是，县长先生！我们也希望这儿有一位浮士德！”

“浮士德？”县长看了看翻译官，他不懂。

“对的，浮士德！便是有一位天良好些的医生和绅士。”

“哦，哦，是的，是的！”县长笑了，“我们这儿有卫生院长，才委了来的。人还很不错。”

外国人点了点头。

当这队救济团离开思茅城重新搭上飞机的时候，他们留下五大箱药品和针水，以及其他必要的器材，并且由书面指示了最详细的症候、临床设施、药物名称及效能、诊断、药量……一切可能而必需的指示都交给政府和卫生院。

贵宾们走了以后，县长曾会同卫生院长把五大箱器材的木板揭开，他们看到装潢很漂亮、包裹很完备的药品。有很多是大家向来没有听到过和看到过的，甚至还有新近发明的特效药，用特殊的小冰箱放置着。

大家都喜出望外，有人感激过分地说：

“观音菩萨降世了，这些是杨柳枝头的甘露！”

真的，边区千万人民的生命在期待它来拯救。他们的父母，他们亲爱的妻子，他们的一切亲故将靠此得以活下去。

但是，在一个有月色的夜晚，县长请卫生院长谈天。

在破烂坍塌的花厅里，一灯如豆的烟榻上，仅仅是他们两个人在

编制竹箩筐的手工业者。周光倬摄于 1935 年。

谈着。

“我约你来是计划如何支配那些物品！”县长说。

“为了救济的迅速起见，我想即刻开诊，并且带些药到各乡镇巡回一转，普遍施医。”

“施医？”县长惊奇而不愉快地问，“你的意思是不要诊费药费？”

“是，因为这是国际友人送给边地人民的！”比较年轻而有些正义感的葛院长说，他那瘦长的脸始终是板着的。

县长皱着眉头，沉思了好一会儿才慢吞吞地说：

“老弟，你的热心很可嘉，惜乎你缺乏经验，这些药物是有限的，用完了以后可不容易再找到了。我想，我们为了稍稍予以限制，还是应该取点诊费和药费才行。”

“那么得取得廉价一点。”

“低廉就等于免费，”县长笑了起来，他接着说，“你为什么如此迂腐，唉唉，你真是……如今的世界，花点钱救条命谁也干的啦！”

葛院长开始明白县长的用心，他有点愤激，他对这家伙开始仇恨了。“那样五十多岁的老头为什么良心如此坏？为什么他越老越爱钱？天，天下乌鸦一般黑，难道没有一个不要钱的官吗？”他在想着，看看县长那一块躺在靠枕上奸猾而似乎装作温文尔雅的面孔，站了起来。

“县长，我不干这种没良心的事！”

“笑话笑话，什么良心不良心，我也不过是说——略有限制而已。”

“夜深了，我要回去，”葛院长告辞，“那些药品在县政府里，我叫人来取。”

“以后又说罢，请了消夜又走吧！”县长伸手去拉他，他只好坐下。

开诊以后，葛院长向县政府领取那几箱药品，但是没有发下，只是在签呈上批了一个“缓办！”葛院长等待了一些时候不见分晓，他便在那一年的秋天，借着送自己的太太上省城分娩，便请了假一去不归。

据说，县长把那五大箱药品全部以昂价卖到别处去了，留下很少的一点是送给绅士和准备自己救命的。

边地的人民，仍然为时疫所侵袭，死亡枕藉。

思茅，荒芜的城，它比以前更荒芜了。

糯扎渡口

我极力坚持不愿住宿在糯扎，所以先自启行了。从这一个山顶的小寨过去，一直就是下坡的道路。护送的人指点着前面三重山后边的地方说：“从那儿就过江了。”

这好像是一种定理和经验。每逢要过江河的时候，总是要下坡道的。首先是一带布满松树的山脊，后来便到江边，那一带非常险陡的道路迂回于峭壁千寻的岩际。因为林深树密，仰不见日，路上堆满积年的枯枝败叶，脚踩下去又软又滑，大家都觉得难走。万一筛露了点阳光下来的地方，常常是碎石满径，也是那么站不稳。

葛藤牵萦着大树，人在当中，阴冷如冬日，里面有怪鸟声声的鸣

唤，雉鸡一群群地在草间寻食，人声一到，它们便飞开或远走了。在岩际的林间，我们还听到猴狲的低语，仰首一看，山岩是那么的峥嵘和陡峭，为人所不可攀缘，那样的所在，该永远是它们的天地呵。

这回，我们可以看见澜沧江流了，在两山雄峙的峡谷之间，俯瞰百丈以下，澜沧江像一条蓝丝带般地横系在当中，她也像一个美丽的妇人，穿着一件蓝色的晚装，屈曲着苗条的腰肢横躺在两山之间。一派夕阳，就像她鬓边的花朵，几丛密林就是她蓬松的长发。

是风声，也带来了江水声，一种沉闷的低调的声音不断绝地响着，这声音把山河大地点画得分外雄伟，甚至于雄伟得有些恐怖，静寂得有些恐怖。它在告诉稀少的旅人说："你们已经来到了边荒的交界线上了。这以后，将是蛮烟瘴雨之区，人迹罕至之境！"

在江边，我们走过一带沙坝，那是江洪暴涨后的遗迹。

这便是糯扎渡口。

伫立在江流的面前，才显得她的广阔而有气概。她表面上虽是那么平静得好像没有流动的样子，但实际却是非常洪大的激流，潜伏着极大的流速和力量，正像一个冷若冰霜的姑娘，却蕴藏着丰富的生命力和热情一般。现在还是冬令水浅的时节，我们已经从她的两岸沙滩知道她胸襟的宽阔，从蓝色的水面知道了她的深邃。

在对岸，山脚的沙滩上，有一间小小的木屋，在江边系着一只木船。

我们站立在江边，等待后面的人马逐渐从峭岩丛林之间迂回下来，我问同路的人：

"怎么可以渡过去呢？"

"对面有人摆渡。"那同路的人说，"但是江声太大，我们呼唤的声音他们是听不见的，只有打枪才可以使他们听见有人要过渡。"

"那么提一支枪来吧！"

我接过一支步枪，装了五粒子弹，向着天空、向着对岸的山岭一连放了几枪。枪声在山谷之间是那么响亮和清脆，有极大的回声。

对面小木屋里钻出两个人来，我们看得清楚。不久，有六个人从木屋后面的山坳里跳出来，他们跑到江边把船划过来了。当船到岸时，我才看出这些舟子是土著，是倮黑（旧时汉族人对拉祜族的称呼）族的年轻子弟，他们穿着破烂的蓝布衣裤，打着一个旧得不堪的包头。短小的身躯，栗黑的嘴脸。

他们不说话，只是把桨横放在船舷上，招一招手叫大家进船去。当中一个年龄大些的懂得汉话，他指指太阳说：

"天要晚了，你们快些上船了吧，天黑就不能渡了。"

我们连人和马上了船，因为水流湍急，船是不能一直到达对岸的。他们了解这个渡口的水流和航线，了解江流的个性。这一只船在江流里航行了一个大大的弧形，先顺着岸向上游划上去，再从较远的地方横了船顺流淌下来，上去的时候费很大的力气，等到荡下来时，只要轻轻地用桨一拨便行了。

那一间小小的木屋是一个豪绅建筑的盐仓，这豪绅居住在距此两三天路程的大雅口，运到边境的盐巴，经常暂时屯置在这儿，嗣后又逐渐地等待他自己的骡马来起运。同时，在澜沧江流附近的六个渡口，都被这位豪绅向县政府包了过来，由他收取渡口捐。他每一年可以盈余很多很多的银币，特别在这六个渡口上，有从中心区域运到边境的"草驮"，包括一切布匹和菜食肉类。更了不起的是当"烟会"时，新生的烟土便从这六个渡口输出，这位豪绅便坐地抽收所谓的"批费"。他是靠澜沧江吃饭和享受的，他是澜沧江上的王子。除了他没有人能够有资格承包，因为他有自己的队伍，有精良的武器，他们用比造的所谓"双背扣""大花号"步枪和捷克式机枪的火力，向来往的商民索取"买路钱"。历次的区专员日夜梦想把这项权利掠夺而为已有，曾经发生了若干次的明争暗斗。但是，这是县长和豪绅之间的禁脔，它是不容许任何人觊觎和分肥的。澜沧江为他们所有，天生是给他们享用的。

因为那些舟子，那些可怜的倮黑族的摆渡人为我们尽了很大的力，当全部人马渡完以后，我给他们每一个人银洋两块钱。但我看他们的脸

兵房。周光倬摄于 1935 年。

色表现得非常平淡，并不喜欢，并不兴奋，是那么懒洋洋的。我非常奇怪，因而慎重地指着钱说：

“这是我给你们的！”

那年龄大些的、下巴宽大的傈黑，他懂得汉话，也明白我的意思。他勉强从苦楚的神色当中转成一副好像是恭敬的苦笑，从六个摆渡人的后边绕到我的面前，悄悄地在我身边说：

“委员！我知道你的好心，但是，这份钱我们是要交给那位郑队长的，一文也得不着。”他微微指了一下上面的小木屋。

“为什么？这是我给的！”

“是规矩，请委员替我们说说情，赏了我们吧……”他两手拱着，是在作揖的样子。后面的五个摆渡人都随着他向我作揖。

我明白了，我叹了一口气对他们点点头。等我转过身走到小木屋附近时，才瞧见有一个穿着一套不整齐的黄咔叽制服的人，站在门口向我懒洋洋地敬了一个军礼，似乎恭顺地说：

“委员辛苦了！想不到来这点过夜。”

我点点头，看了他一眼问：“你尊姓？”

“部下姓郑，是自卫队的分队长。”

“哦，哦！”我有点不痛快地说，“那几个划船的人，我给了他们一点钱，请你不要叫他们缴给你，他们辛苦了一场给他们个喜欢。”

他连口答应“是，是”。我一挥手，那六个倮黑便一溜烟地走开了。

我们全部的行李人马都已经安顿在江边，只有我和几个人幸运地被安顿在小木屋里。里面分两间，用竹片做成地板，上面堆着一些盐，里面一间安置了两张床，在墙上挂着几支步枪和手枪。

“你们这间屋子倒很好住。”我说。

“夏天热得在不住，到晚上有一种小点子的黑虫咬人，一咬便流血，而且即刻红肿起来，简直不敢住下去。”另外一个和郑队长住的小伙子说。

我休息了一会儿，他们已在弄着晚饭，我仍然走出木屋来。

太阳已经落得没有影子，在江流和山岭的一片昏暗朦胧中，月亮渐渐地升了起来。江水有着潺潺的微声，月亮明朗地浮在江心里，几匹骡马在沙滩上低着头吃锅头们弄来给它们的草料，常常吹着它们的鼻孔。

这么寂静，这么昏暗，一派浓寒随着晚风袭来，还杂着江流的吼声。

在木屋的右侧有一片嶙峋的岩石，我爬了上去，下临江流，仰首可见淡月疏星，山影矗立，颇兴置身异地之感。我正在瞻顾冥想的时候，似乎有一个人影也走上岩石来，而且还带着一点火星。

到了我的面前，才瞧出是那一个年老的摆渡人。他在吸着那种边地特有的瓦斗的草烟杆。还离我六七步的时候，他便说：

“委员不怕冷？”

“哦！是你，来这点坐坐。”

他听我的话蹲在旁边，吸了几口烟后，他问我：“郑队长答应给我们钱吗？”

“他怎么敢不答应。”

他似乎很高兴的样子，嘿嘿嘿地笑了。

“你是什么村寨的？”

“火烧寨！”

“隔江边有多远？”

“三十多里。”他沉吟了一会儿接着说，“委员，我们真苦，我们弟兄都是被捉了来的。”

“捉了来？告诉我，是怎么一回事？”

“原先，靠近江边的村寨有四五个。大家都是种山地种旱谷，费力淘气地辛苦一场呀！委员，我们只够吃半年，谷子常常生不出来，是瘪的，还要拿一大半卖成钱去上粮，缴门户，我们每年一家人要缴合二十八九块现金的门户啦。一家人就没得吃，下半年呢？下半年我们一家人只好背着背箩，拿着挖刀，遍山去找蔓菁同蓑衣包吃啦。”

“什么是蔓菁、蓑衣包？”

“是在山里自己生出来的东西，像萝卜一样，有点苦，白颜色的。埋在土里，挖了出来要用水洗，洗了切开用清水漂，漂两三天才煮了吃。委员！我们任何一家人都是吃蔓菁才把下半年度过的。没有垫的盖的，到晚上天气冷，便在火塘边睡觉，前面烤热了，背脊可又冷得很，翻一个身，背脊暖和了，前面胸膛肚子又冷冰冰的。热天过不了，冷天我们也过不了。可是，委员！在江边的这几寨人才更受不了。常常有过江来的军队和官员们，要马夫也是问这几个村寨，要住夜也是到这几个村寨，要吃的也是到这几个村寨。我们没有，他们便打，吊着打，打得半死，把各村寨的谷米都抢光，人还要去当夫子，唉……”他叹一口气又说：“大队长还要每一村寨轮流派夫子来替他摆渡划船，我们要饭吃，我们要命，他不管。什么人给我们摆渡的钱就叫郑队长收了去。我们何苦？现在，真是一寨一村的都跑光了，只有火烧寨还有几户

一户富裕的裸黑（拉祜族）人家的合影。周光倬摄于1935年。

民国时期的澜沧县政府，1935年3月18日周光倬为澜沧县官员拍摄。

人，他们又把弟兄伙拉来划船，委员！不到一两个月，我们火烧寨也要跑光了。”

我听了这样的控诉，点着头，心头涌起来无可言状的仇恨。我想杀人，我想放火！我看看月色下的山河大地，美丽得像少妇披着纱衣一般的澜沧江流，私自在问：

“这真是中国的边疆吗？它的淳朴洁净让什么人奸污了呢？”

朝阳还没上升时，我们一行便离开了江边，那六个倮黑穿着单薄的衣服，赤着脚站立在沙岸上等待摆渡。

途中，我们确实看见有两个村寨被烧毁的痕迹，里面阒无一人。

花　酒

真料想不到在佛房这地方，会遇着一个多年不见的朋友王君。他在这儿的简易师范学校教书，有了他的陪伴，我可以免得分外地寂寞和陌生。同时，他也是我最理想的一个向导。

2 月 4 日那一天，恰好是佛房的街期。

佛房虽然号称为澜沧县城所在的地方，但它却连一个大点的乡村都不如，仅仅五六十家茅草房攒聚在山半坡上，不，是藏在两山之间的夹缝里。县政府和县党部算是这里崭新而漂亮的建筑，因为是两座有楼的瓦房。另外便是一条平常没有什么铺面的冷清清的街子。

我碰到第一次的街期，王君非常热忱地来说：

“今天我们应该赶赶街场去，就不说买什么东西吧，你也得去走走，因为它是边地各少数民族的集会和展览会呵！”

“日中为市”，果真是日正当顶的时候，山坡上便成了拥挤的“街心”。“街”两侧都搭满了凉棚，卖着单纯日用的粗糙“布草”，有很多摆夷（傣族的旧称）或是倮黑在地摊上售卖他们做出来的缅刀、粮食和麻布等。

王君指点着阿卡（哈尼族的旧称）、老亢（景颇族的旧称）、卡瓦（佤族的旧称）和各样种族的女人，她们有的戴了满头的银饰和花朵，有的露着一只奶或屁股，有的用细藤缠裹在她们的腰肢，有的在脸上画有美丽奇怪的花纹。她们在以不同的语言，使用着相同的货币彼此交易着，五光十色，各种各类。

当我们到一个地摊之前，王君低声地告诉我：

“喂！你看这个妇人，我将代她请求一件事。”

真的，我抬起头来，便看见一个年轻的少妇，从她的装束上我大体已经知道她属于倮黑族，说具体点是黄倮黑。她穿着镶宽花边的小袖衣服，系着较短及膝的围裙，在着青衣蓝裙的细小腰间系着三寸宽的一条白腰带，更显得她很窈窕而且非常白皙。蛋儿形的脸，盼顾神飞的一双蕴藏着热情的眸子，她把右手插在腰带上，左手扶在一个有五六岁年纪的男孩子的肩膀上，形容好像有些懒散和憔悴。

在她的面前放着两坛酒，有几个仆拉（彝族的一支，也称仆瓦泼）蹲在她面前，用土碗和半边葫芦瓢在喝酒。他们一边谈一边喝，有时候还仰起头来看看左右，舔舔嘴唇。喝完，自动地放下钱便站起来走了。这妇人有时候也和她的顾客们谈谈天，因为她是卖酒的人。我说：

“很有风度，这个妇人。”

“从前的确是很美的。”

“她做卖酒的生意？”

“这是最近的事情，”王君说，“她卖酒没有多少时候，便有了很好的名声，因为她的酒煮得好，倒在碗里会泛细花，并且人又是那么和气端庄，所以大家都叫这酒为花酒，都爱专门来喝她的。”

也许是因为我的衣饰的不同，王君和我又老站在她面前看着她说话，她已经发觉我们在议论她，便有些羞涩地扭过头去，一只左手尽量抚摸着那孩子乱蓬蓬的头发。

“你很能喝酒，来喝一碗花酒吧！”王君蹲在地摊边，他又喜笑颜开地对那少妇说：“张太太，来，我介绍给你，这位是委员，他是张主任的同乡。”他指着我说，“请委员喝一碗酒，你的事我替你请托请托他吧！”

她扭转头来看了我一眼，苦笑了一下，脸上同时涌上了不自然的红潮。她用单调的汉话说着“谢谢”，便弯下身子去酒坛里倒酒。

真是酒面上浮泛着如珍珠般的白花，在阳光下闪耀着五彩，跟着又一朵一朵地破碎了。我情不可却地从她那戴着银链镯的手间接过酒来，一股香味溢乎鼻际。我一口气喝干了。

王君非常高兴地笑着说：“张太太，街子散了你来我住的地方，我们愿帮你的忙……”

她微笑着点点头，王君便拉着我走开了。

我简直不知所谓，忙着问他：“究竟是怎么一回事？怎么叫她太太？”

“在八年以前，”王君的神色忽然阴沉下来，他且行且谈，对我叙述这样一段小小的悲剧。

景迈山古村落。从周光倬摄于1935年的这张照片可以看到，尽管景迈山盛产茶叶，但在那个国困民穷的年代，景迈山上的民众依旧过着贫苦的生活。

在八年以前的一个新春，那时候这儿的党部（指国民党县党部，下同）刚刚成立不久，有一个我们的同乡姓张的派到这儿来担任党部主任，他是一个年轻而没有学识、纨绔而浮浪的子弟，他并不是想来办什么事，他只想来这儿升官发财。他生活在麻雀牌、烟灯和女人之间。

按照当地的风俗，正月初一初二这几天，在县城前的这个广场上搭起了很高的秋千架或磨秋。新妆盛饰的少男少女们蹁跹于煦和的春阳之下，或则大家围着“丢包”。

丢包这一种游戏是边地特有的风尚，它是由少女所制作的东西—— 一个有碗大的花布做的方包，里面装满棉花细子，外面在四角垂满了彩色的布条，然后，用一根带子缝在中心，丢掷为戏。青年未婚的男女分列两厢，中距一二丈，相对丢掷，以接得为胜，甚至于还以各种食物银钱为质，但是这不是赌赛，它是一种青年男女由恋爱变成婚姻的媒介物。

那时，在广场里丢包的少女中间，她是鹤立鸡群的，又年轻又美丽，她是那么天真活泼地生活在同辈人之间。这时张主任也参加了男子的那一列，他眩惑于这个黄倮黑少女的美丽娇媚，当他接到包的时候再丢掷给她，在那些弱小民族的眼睛里，被一个“汉官”垂青和喜悦，该是多么光荣的事情呀。

就由于这一次丢包的游戏，他们因而认识。张主任就像一只苍蝇般拼命叮着那女孩子，甚至跟随到距离佛房五里以外的村寨里去。他使用种种花言巧语去调戏挑逗那一个少女，甚至对她的父兄也加以威胁与利诱。最后，他请那乡长替他做媒，答应了这一段婚姻。

他们非常草率地结婚了。婚后，张主任要他的太太脱掉了她们倮黑的衣服，穿上旗袍。把修长的头发剪短，一定要她打扮成“文明人”的派头。要大家称呼这位新妇为“张太太”，并且共同移住在新建的党部的楼房里，过着似乎很美满的家庭生活。

照那样“文明”的装饰，在某一方面的人看来她是更加美丽了。等到民族之间的隔膜和阶级之间的分野逐渐模糊了一些以后，他们得到了

一个小孩，那婴孩具有他父亲的狡诈与他母亲的清秀。张主任又曾借孩子的满月，举行了一次宴会，据说因此聚敛了若干的财物，供他挥霍了不少日子。

孩子生育下来不久，张主任奉命调遣到别的地方去工作，便积极准备要离开佛房。当时张太太超乎一般黄倮黑的习惯，请求跟随着她的丈夫离开十八载没有须臾离开的故乡，但是，她得到丈夫的回答是：

“你等着我的信息吧，现在我不能带你走，因为太仓促。你要等我安定以后，一切准备好才来接你们母子。”

“那要多少时候呢？”她含着泪问。

“两三个月就行了！”他安慰着而且确定地说。

张主任把一切值钱点的东西都收拾好，带着行李，坐着滑竿，便走掉了。他一去杳如黄鹤，一封信都没有，甚至来往的人都不知道这样一个人，他到什么地方“垫位明升”？他又和另外的哪位姑娘“洞房花烛”？那是一点儿风声都打听不出来了。

孩子一年年长大，丈夫已经去了五六个年头。他究竟还要不要这可怜的母子呢？可真叫人不了解。张太太不敢另嫁，朝夕期待着，一年年的没有希望。最后，她又重新穿上黄倮黑的衣裙，回到她的娘家去，卖酒为生。她做的酒好，盈余颇丰，因而才能维持她母子的生活。

“那位张主任是你的小同乡，”王君最后愤慨地说，“你应该主持正义，为她帮忙，问他，一个自以为干民众运动的人，为什么以这样卑鄙的手段玩弄和遗弃一个可怜的边地女子和他自己的亲生骨肉？”

“这种行为，”我叹息而且仇恨地说，“影响边地人民的情绪和边疆工作非常厉害，真是不仁不义至极。”

我们正谈得有一个段落，王君书斋外面的大树上已经抹上夕阳的影子，乌鸦正飞噪着的时候，张太太背着一个大背箩，里面放着两个空酒坛和一些买来的小菜食盐之类，左手牵着那个顽皮的孩子，站在门口以不熟练的汉语喊：“王老师，王老师！”

“请进来！”王老师招招手。

她胆小、羞涩、慢慢地移动着步子，一边把背篓放下来，自己选择靠门的一个矮凳子坐下去，搂着她的小孩子。

“委员是张主任的同乡，等他回去替你打听一下，什么情形我也替你说过了，你还有什么话说？”王君问。

她没有出声，一阵沉默之后，她流泪了，一串串的泪珠滴在她的衣兜里。孩子看见母亲流泪，竟哇哇地大声哭了起来，她只好去哄孩子。

“现在日子过得去吗？”我问。

“每一街子卖得十多块钱，可是我要养阿爹阿妈。”她答应过我的问话，低着头，声音仍然有些哽咽。“因为阿爹要抽鸦片烟，大哥又喝酒赌钱，他们都靠着我，所以也就没有逼我另外嫁人，不过住娘家总不是长法……”

“暂时耐着一下，等我回头替你打听打听，也许是隔得太远，音信

1935年的景迈山，茶农在揉捻加工茶叶。经过无数代人的努力，布朗族、傣族的先民们不仅在景迈山上驯化了野生茶树，还给他们的子孙们留下多达两万八千亩的古茶园，让景迈山的茶农们至今受益匪浅。周光倬摄。

难通，”我安慰着说，“如果再等些时他不管，我劝你，张太太，还是另外嫁人好了。”

她摇摇头，脸上又涌起了红潮。

“小孩子你得让他读读书啦！”我指着她那怀里的孩子。

“我们住的地方隔佛房有五里路，太远了，没有人送他，”她又流下泪来说，“他不管我不要紧，他为什么不想念他的娃娃？”

我们都没有答话。

她请求再三以后，说是天晚不好走路，便背着背篓牵着孩子走了。她的影子渐渐在金黄的茂林中消逝无踪。

葫芦笙舞

他承袭着土宣慰使的爵位，领土方圆百余里，人口总数四万五千人。他是皇帝，他是至高的主宰。他是一切……

“世守棠封千载业，风行岭土万家春。”

站在春光煦和的峰顶，他指着那广阔的土地山川说：

“我们的祖宗因为军功封得了这样一块地方，这地区包括一个金矿和银厂，现在已经没有开采了。”

我瞧见在群山环绕的当中，是一个荒芜的坝子，好像没有什么稠密的人家。在那儿，三两匹马或是牛在闲散地啃着枯黄的草。一带河流平静地流过草原，反射着银亮的光。

真的，也许真的是“千载的基业，万世的法统”吧，他们拥有似乎不可动摇的自信，不可改变的力量。土司，老爷，他们是否能够“风行岭土万家春”我们可不敢说，但他们说：“是的！我是怎样地慈爱我的百姓呵！”

汉人所把持的政府在鞭长莫及之下，维持着大清国传递下来的“羁縻政策”，他们不是容忍而是放纵。只要每一年把金子、虎皮、鸦片、鹿茸、象牙……一切宝贵的东西向上面“纳贡称臣”，什么都可以放心，什么都可以不闻了。于是，他们得以安安稳稳地面对四万五千个子民，使子民们摊门户，纳租子，做劳工或当兵，放秋谷、高利贷，等等情况之下成就了“岭土万家春”的金字匾联。如果有一天子民们企图发生暴乱时，我们的老爷就会用近一百挺的最新式的捷克式轻机枪来教育他们。

哪怕这应承袭的“君主”受过新时代的洗礼，曾经在外国居住过若干年代，受过大不列颠帝国高度的熏陶。但是，他登位以后，可并没有忘记他祖先交给他统治的鞭子……

现在，我要根据一个传说，首先描写我所见到的一个喜庆的日子——新年，正月初一。

旧历除夕之夜，土司阖府封门谢客，大小吃素食一天，以示崇德报功之诚。

当朝阳刚刚从东山的凹谷中涌出头来的时候，偌大的朱门闪开了，在大门口，两株松树中间，已经竖立起一座高大的柏枝牌坊，上面被春风吹拂着的是红红绿绿的彩绸，它是那么微笑地迎着东方。

于是，家丁们在门口排列着三尊土炮，火药已紧紧地装塞好，向着山野间“轰！轰！轰！”震彻山谷地放了三响，一对不同音阶的铓锣“叮咚！叮咚！”地敲着，意思是说：“你们可以来了！”

正像布置一个舞台一样，在对厅的石阶上，先就悬挂满了自清到民国所颁赐给“义勇巴图鲁”“宣慰使”的横彩和旗帜，一把虎皮交椅安置在当中，在天井的正中间放着一张八仙桌，四边的走廊上有不少的条凳。

很多人在厨房里忙着煮饭做菜。

从初一这一天开始轮流着，每一天一个村寨的人民来他们的“官”家里庆贺新年。村寨里的铓锣敲响的时候，男女老幼都集合起来了。他们跟随在头目和敲锣者的后面，一串的自山道上走了来，黄倮黑族的男子们穿着蓝布的短衣，打着大的包头，女的穿着长到脚面的衣服，织镶着宽大红绿相间的绲边，钉满了辫条，有的手上戴着银镯，头上戴着银

珠钉满的帽子。但他们却赤着脚，就是每年一度得穿上身的新衣，等到从官家回去，便收拾了起来，准备此生每一个新春穿它一次。

他们进了土司署以后，早瞧见三十岁左右、又黑又胖的矮个子、大眼大鼻厚唇的老爷坐在他的虎皮交椅上，手腕间抱着他的那位唯一的“皇太子”。

百姓们先到老爷正厅的祖先神龛前，但见大牛烛发着光焰，五六尺长的大香在缭绕着烟雾。于是，头目先把全村寨人民贡奉给老爷的东西轻轻地、小心翼翼地、虔诚地、规矩地……放置在椅子上，是花钱，是腊肉，是一壶酒，是米花，是饼子。

大家像捣蒜般地拼命磕头，向着土司的祖先，向着土司的老太太，向着衙署里任何一个人。然后走出天井来，正式地向土司老爷举行跪拜礼。土司只是在虎皮交椅上微微点点头，身子动也不动，他已经非常习惯于这种平淡的仪式了。

子民们、倮黑族的男女人群散开，都站立在周围的屋檐下和走廊之间，他们在土司署里没有资格坐大小的凳子。他们只能蹲着、站立着，睁着滴溜溜转的眼睛，黧黑的脸上没有表情，更没有欢笑。

由一个头目把神龛前放置着的一个大斗和一杆大秤抱了出来，斗里装满了白米，称的秤和一炷有五尺长的大香竖插在斗里，放置在天井中间的方桌上。那一炷很长的香，香烟缭绕在春风里。

近十来个青年的男子，吹着葫芦笙围绕着那桌子、斗、秤……在跳着跌脚舞。所有的女孩子彼此手牵着手，慢慢地在男子们的外面围成一个圈儿，一步一步地在边旋转边跳着舞。

葫芦笙的调子是那么单调和烦躁，但却很有节奏。这节奏不仅存在于单调的笙歌里，也在他们的跌脚声中。可是，他们的时间似乎是没有规定的，或者应该是整整的一天。青年男子们吹得脸红筋胀，吹得上气不接下气，背上是汗、颈间是汗。那双脚到底也是肉做的，在石板镶的地上跌久了也许会痛，也许会酸，也许会没有力。但他们不敢停止，年老的头目会在圈子外面怒目而视地咒骂那好像想偷懒的人。女孩子们的体力更经不住长时间的“劳役”，她们如果有几个想脱离圈子去小便，或是借着肚子疼而退出来休息一会儿的时候，一个被派定了的家丁，手里提了一块人们上贡来的腌腊肉，在地上抹了一些泥土，便往偷懒的女孩子身上打去，腊肉的油腻和泥土如果把衣服弄脏了，她们怎么可以再穿一辈子、再维持那一件新衣的美丽来取悦老爷少爷呢？于是，非常可笑而又非常可怜——当肉块快要打到她们身上时，她们又跑进“舞蹈”的圈子里去，又举起疲倦的赤脚跳了起来。

铓锣响着，人声和乐声嘈杂着，老爷少爷在笑逐颜开地看着他的子民们的“朝贺”和拜年。大家围着跳笙的那三样东西又表示了什么呢？

这一年呀！

斗要满满地装盛着粮食抬进来，不仅够吃而且够卖！

秤要非常跷旺地把金子、银子、烟土称了进来，堆满箱库！

主人要像那一炷长香一般地长寿，永远继续着光荣的香烟后代！

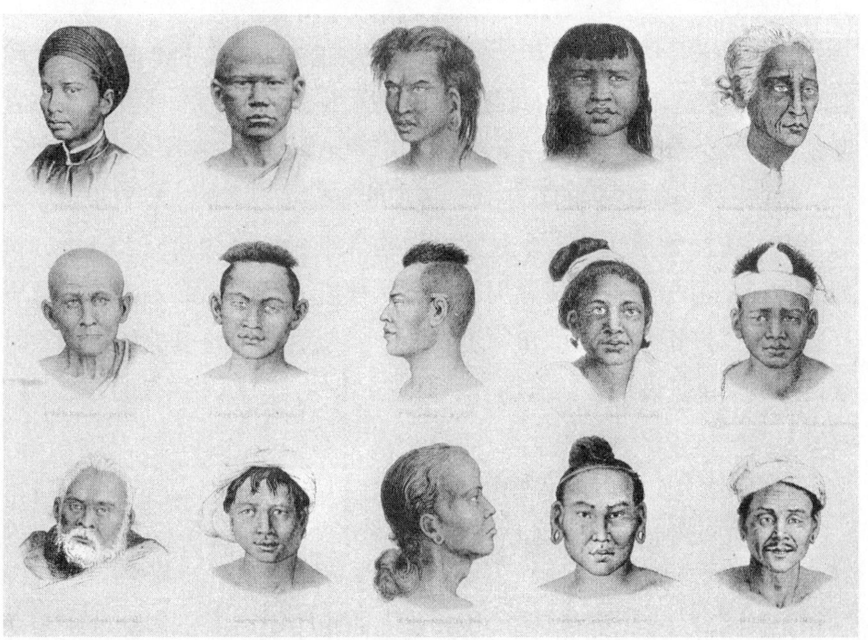

澜沧江—湄公河流域的民族人物肖像 / 路易·德拉波特 /1867 年

但是，他的子民们，他的佃户，也是他的债务人，在包围着那些吸他们的血的家伙在跳舞，在拼命地吹着笙曲。

当天上的阳光坠落到屋脊以下的时候，大厨房里已经把大锅的饭煮好，那么热气腾腾地抬了出来。另外，是肉是菜是大坛的酒。

铓锣又一阵敲动。

跳笙的人被“赦免”了。大家都坐在地上，八个十个一堆地在享受着老爷给的犒赏，他们在拼命地吃肉喝酒。这一顿是一年中仅有的一次盛餐，他们准备吃得又饱又醉，以补偿这一天过度的疲劳。他们背上流着汗，脸上让高粱酒染得又黑又红。据传说，每一年都有若干的人，吃了这一顿饭回家以后，竟很快地升了天。但是，尽管如此，他们还是有增无减地来渴求这一天的醉饱呵。

三声土炮打了以后，这些食饱醉够的男女们才鱼贯地从土司署出来，由铓锣和头目为前导，把他们引回各自的村寨去，重新度着那艰难痛苦的岁月。

晚风送来了凄楚的薄寒，土司署里仍然在欢乐中，他们的弟兄、政府的官员、来边境做生意的大商人、江湖医生、散兵游勇……盛设美酒宴席以后，继之以赌博，每一个注子，足够倮黑农民一家十年的衣食了。

就在五十年前这样的新春日，传说的原委是：

土司署开始接受每一个村寨百姓的拜年和纳贡的第三天，十分例外地有一个穷极无聊的倮黑男子，竟然趁着人乱之际，去偷窃中堂里悬挂着的一把银泡的刀子和一袭衣服。当他用衣服包裹那把银刀的时候，便被家丁们发现了，当场一手捉住了小偷，即刻用倮黑的语言喧叫起来：

“你做什么？你敢偷老爷的东西？”

那人立刻吓得面如土色，抖着两腿跪了下去。

“我没有，我没有！”

人众喧嚣了起来，铓锣、葫芦笙都停止了鸣响。小偷被拖到虎皮交椅前面跪下，人赃俱获，那人已经无可辩解。他匍匐在地，萎缩得好像一个寒冷透心的小猴子。老爷问他：

“是哪一寨的？”

“塘子！”

边地民众的生活场景，在统治阶层的剥削下，尽管他们一年到头艰辛操劳，却依旧过着衣不蔽体、食不果腹的日子。路易·德拉波特画于1867年。

“好！把刀抽出来，”他命令家丁们。当时人众都挤在阶下眼睁睁地瞧着。“把他的右手砍了！”老爷微笑着说。

天，这是圣旨，是不可改易和违背的。家丁们把亮晃晃的刀子抽开，两个人把小偷——年纪才二十岁左右的倮黑青年的右手拉到阶石上，举手一刀，跟着便是一声痛绝的惨叫。人昏死了，手还没有砍断。

“抬了丢出去！”血一路滴淋着，人被拖出了衙门。

谁都知道这年轻伙子是好人，他穷极无法才偷到官家。这是他油蒙了心，不知死活，但，我们的老爷也太残忍了。同寨的人男的惊心，女的坠泪，大家都有兔死狐悲之感，大家都涌起了切身的一种世代的仇恨，都要报仇。

当天夜里，正值土司们在豪饮狂赌的子夜，近两百的人群身怀利刃，手执硬弩，拥进衙署来。那时家丁们都已经疲倦地睡去，并无预防。厅楼上的土司、商人、江湖医生、冒险家、汉官一个也没有遗漏地被杀光了，一切的财产被抢光。“幸运”的是老爷家的妇孺到离此地四十里的外舅家没有回来，算是保住了土司的后嗣。外舅事后以强大的武力保护“小太子”登位，就是现在土司的父亲，那些“叛民”被敉平了，那一寨子的人被杀光，从此天下太平，又归无事。现在，倮黑族的子孙仍然苦恼，在新春向土司署拜年纳贡，同时，还得不顾性命地跌脚和吹葫芦笙，以取悦老爷少爷们。

黄　昏

“要下猛朗坝，先把婆娘嫁！”

汉人们用这样可怕的两句话，来描写猛朗这地方瘴毒的厉害。一个汉人下到猛朗坝子是颇难生还的。这样的话也使得猛朗更加荒凉，更加寂寞了。

但是，它是多么肥沃而且广阔的原野呵，几十里的平原当中，废置了不知若干顷的田畴，在当中长满了荆棘蔓草，和一些我们所不知道

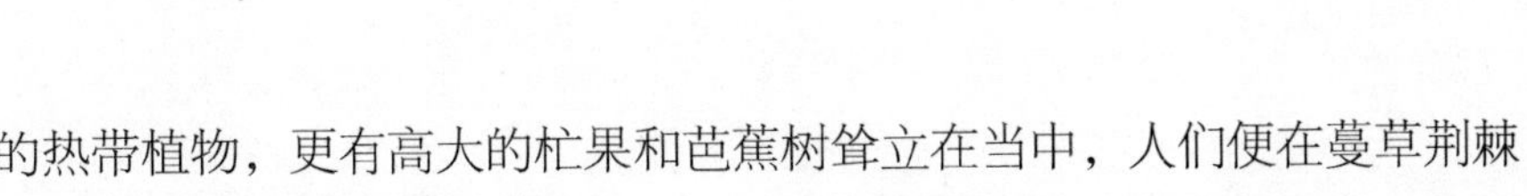

的热带植物，更有高大的杧果和芭蕉树耸立在当中，人们便在蔓草荆棘的空隙当中迂回。

南朗河悄悄地流过猛朗坝子，更有不少硫矿泉的缓流，错综交织在坝子当中。在春天煦和的阳光之下，水面上浮动着一片氤氲的暖气。像这样，有田畴、有河流可以灌溉的地方，为什么这样荒凉呢？为什么那些蔓草每一年被摆夷的牧儿放火狂烧以后，它又会渐渐地长大呢？为什么这些流过田野的溪水中，永远是枯草败叶和蚂蟥小蛇呢？为什么因而就有着让人不可居住的瘴毒呢？这不是天的意思，这是人的意思呵！人们自己制造了瘴毒！

远在光绪十七年（1891年）以前——

这儿有一座土城，在土城的周围有近十户的摆夷聚集而居，因而也有汉家的统治和汉人商货的来往。猛朗，真是一个明媚的肥沃的田野，更有着繁盛的市场。但是，汉人不仅带来了价钱高昂的商货，而且带来了犀利的武器，他们用种种方法，凭借着汉官的三百名土守备的威势，向附近的摆夷村寨掠夺、屠杀。他们使得摆夷的男女们对汉人只能低头屈服，只能无声地坠泪，只能把他们所有的一切贡献了出来。

摆夷并不是永远积弱不振的，他们能够使用大刀，使用药弩和硬弓，对付那些侵袭他们寨子的野兽。他们在辛辛苦苦地从事耕种和纺织，在犁头、弓弩、纺车下面获得的一切生活所必需的，都被土城里的汉人和守备兵掠夺去了，他们无可忍让，如果他们忍让只有死呵。

有一次，一个士兵和一个汉人，在半夜里悄悄地摸进了一个摆夷寨头目的家里，他们以武器威逼轮奸了一个十九岁的美丽的摆夷姑娘，在柴火的红光之下，她的父母亲眼瞧着自己的女儿在挣扎叫号中，被撕破了衣服和筒裙，更看到两个野兽似的汉人在进行着不可一瞥的秽行。

当那两个汉人把被污辱的少女抛在旁边以后，重新又把武器对准了她的父母说：

“拿出你们的银子来！”狼一般地叫吼着：“银子！银子！”

摆夷老汉摇摇头，本来是蹲着的人，他竟站起来了。

土城的集市。周光倬摄于 1935 年。

汉人在各处搜查，把女孩子手上的银镯、颈间的项圈和瓦罐里仅有的一点钱都拿光，返身要走了，做父亲的再不能容忍了，他抽出了一把长刀拥上前去，在冷不防的时候砍倒了一个，另一个被妇人一支药弩射中了背心。

被砍倒的汉人的尸身当夜就被丢下竹楼去，中了药弩的士兵奔回土城去以后，药性发作，一命呜呼了。但他死前已经把杀死他的那个摆夷的名字，告诉了他的长官。

翌日，摆夷老汉被捕，他被土守备高高地吊在一棵大杧果树上，一阵鸣锣击鼓，召来了各寨的摆夷和寄居于猛朗的汉人，大家围观于土城之西，大树的周围。

土守备选出了三十个良好的射手，他们好像玩笑做戏似的表演着残酷的屠杀。三十个射手拉弯了弓，把一支支箭射向摆夷老汉高吊着的身子，他先是在挣扎，但又无可闪避，后来心窝和喉间中了两箭，结果了

云南与缅甸、老挝一带的部落民族肖像 / 路易·德拉波特 /1867 年

他四十岁的生命。他的周身都钉满了箭羽，就像一只刺猬那么难瞧。

汉人们在狂笑、鼓掌，甚至有人面对着这一幕戏，还喝着酒，唱着歌，摆夷们退了出去，他们没有什么话说，带着不可磨灭的印象回到寨子里。

就在当天夜晚，摆夷各寨的男子，在铓锣羊皮鼓声中间，点燃了明亮的火把，各人执了他们的武器向土城一带的汉人和汉人衙门进攻。在昼夜的包围战斗以后，汉人们给杀光了，漏网逃亡的并不怎么多，土城一带的官府和市集房舍，全被火烧了。当时，在一个星光闪灿的午夜，猛朗让冲天的火焰红光笼罩着，延烧了两天以后，寨子里还能看见黑烟和满天飞着的微尘，还闻得到一股焦煳的味道。

这是光绪十七年（1891 年）的秋冬之交。

从这一次的交讧以后，摆夷族声言，不要一个汉人到猛朗来，要

来呢，就让他的灵魂把悔恨带了回去。

光绪十八年（1892 年）夏天开始，那些被屠杀了的几千个汉人的尸身暴露在炙人的阳光之下，躺在溪流和南朗河水间。它们渐渐地腐烂了，发出臭味，十里以内都可以闻到臭味。

摆夷各寨都汲食或沐浴于南朗河或硫磺泉中，腐烂的尸身在水里散发着毒液，它们即或死了也要向屠杀他们的摆夷人报仇。摆夷男女因为喝了河水溪水以后，瘴疫发作了，他们早晨才发点热，到了晚上便不可救治了。

八个摆夷寨，三万多人，一直到今天只留下三个寨子，四百多人了。

他们无法对瘴疠的侵害予以报复，他们把猛朗弄得荒凉不堪，除了蔓草丛生以外，还有毒蛇逡巡于其间，有豺狼叫号在四周的山上，枯枝败叶在水间散布着可怕的病菌。田园是全部荒芜了，摆夷人少，他们

傣族人物生活画像 / 路易 · 德拉波特 /1867 年

也种不了那么许多田，他们让大好的山河虚置下去。汉人不敢来，因为听说“要下猛朗坝，先把婆娘嫁”。倮黑族的人也不愿来，因为是“摆夷不上山，倮黑不下坝”！如果你一定要居住下去呢，摆夷就会用这些俗语当作铁律般赶走你。

他们占有了这片土地，但他们虚置了它！

于是，一种由他们造成的瘴疠，残害了他们自己。

1940年：

当日本鬼子执行他的南进政策，进攻缅甸以后，逃亡的华侨纷纷进入了祖国的境界，有若干的华侨取道于东岗孟连一带，由锡箔瓦城长途跋涉五百里到达了猛朗坝子，他们看见那么广阔的田野荒芜着，又并不属于那一个人的私产，逃亡的人们打算在这儿建立他们的生活，等待敌人撤退，世界清平以后回到曼德勒去。

有三百多个华侨在狂欢中找到了土城的旧址，那儿有镇边直隶厅和后来的新县府遗留下若干的木石供他们取用，他们用附近的竹子和茅草搭成两排新的屋舍，成立了“华侨新村”，准备开辟猛朗的新天地。

若干的田亩被开垦了，能够经商的也开始经营起简单的商业，他们对作为地主的摆夷族人表示着过分的亲善，在他们的新村中成立了五天一轮的街期，招致若干行商来市经营买卖，一种新的气象洋溢于蛮荒之野。

可是，摆夷们不高兴了，他们并不欢迎这些新来的客人，因为客人侵占了他们的土地。

摆夷人常常在看准了只有一两个华侨经过的时候，便把他们扑杀掉，而且，照样把尸首抛掷在南朗河里。

那一年的夏季，华侨们经受不了那种炎热的气候，因患瘴疠，亡故了不少。

秋收了！

被开垦的土地上长满了一片金黄色的稻谷，丰饶的土地应该有丰饶的收获。你看，在土城城基的周围，稻谷垂下了沉重的穗头，那么结

实和饱满呵！

流浪他乡的华侨男女们是怎样的欣慰呵，他们可以平平安安地生活一些时候了。除了有米以外，他们还种植了不少的蔬菜，各家养了几口猪。

于是，在田野里、在月光下，少男少女们弹着琴弦，唱着动人的歌，歌颂着祖国，回忆着伊洛瓦底江。

摆夷性情懒散，又不懂得精耕田地，他们在觊觎着那一片刚刚成熟的谷子，同时他们准备着满足自己，饿死客人。因为在这块土地上，他们不容许有外人来长久地居住下去。

摆夷各寨的头人，趁着华侨们不注意的时候，把田里的谷子叫人偷偷地割去了很多，防不胜防的华侨们，曾向东朗乡长和佛房的县长要求保护。县长派了一个中队保卫队的兵士进驻华侨新村。

自此以后，摆夷偷割谷子的事情倒没有了，可是，华侨们辛苦终年所得的一点粮食和菜蔬，又被保卫队的老爷们吃了二分之一。他们说："我们来保护你们，你们应该更好地招待呀！"

于是，从远方流浪到祖国来的客人们又不能生活下去了，他们的梦已经破灭，"开垦""自食其力""移民"……这些都是和事实不符的漂亮的说辞而已。新村就在第二年便解体了，华侨死的死，移居他方的移居他方。

现在，新村的屋舍草棚虽然还存在着，但是它们又被蔓生的茅草逐渐掩埋，已经使你不大可能涉足其间了。

猛朗仍是一片荒凉！

我在黄昏时候，踯躅于一带溪流的旁边，看见远处有十多户人家的摆夷村寨。他们的竹屋顶是模拟着孔明丞相的帽子样儿盖的，在村寨的周围种着竹子和荆棘作为屏藩。当我走进村寨时，每家的恶犬都在狂吠。

头人李里目请我到他家去喝茶。他们的房子是竹子搭的，下面关畜生牛羊，楼上才是人住。当你走到楼上时，就好像那楼板装了弹簧，它在闪动。屋里布置得很清爽洁净，屋的四周搭高了一台，便是他们的床，正中间是石板镶的火塘。李里目铺一张马褥子让我坐下来，在火塘边冲了一杯茶给我，他从身上解下一把长缅刀说："我的牛走失了，才去追赶回来的！"他的样子是那么生硬、多疑、可憎和可怖。

破败茅草屋前的边地人民。选自亨利·奥尔良《云南游记——从东京湾到印度》。

当我告辞出来的时候，看见一位美丽而盛饰的少女，在屋檐下用一架手摇的木滚机在榨棉花籽。她有一双如流星般的眼睛和迷人的笑窝，看见我便微微地笑了一个。

远远的地方有人似乎是合唱、似乎是念书的声音，我随声找了去，才看见一座小小的缅寺，在寺中间，暗淡的灯下，五六个孩子穿着黄衣，戴着红帽子（他们是僧侣，也可以说是学生）趺坐在地上念经。佛像隐藏在昏暗的神龛里。

黄昏，苍茫的晚雾罩着猛朗、佛房和迤宋山，风在吹摆着蓬草。当我在小径上慢慢地走着时，留在心头的是摆夷头人腰间的长缅刀，是那少女的媚笑，是那小僧侣诵经的声音。

普洱大地1944年冬的苍凉

记得第一次读到马子华先生《滇南散记》中描写普洱大地的篇章时，就有一种被刺痛的感觉。今日的普洱被誉为“中国茶都”，妙曼之地，养生天堂，宜居指数在云南名列前茅，但在马子华先生笔下，1944年冬天的普洱大地满目苍凉，以今观昔，真让人有一种恍如隔世之感。

《芜城赋》中的思茅，在历经1930年开始的一场瘟疫14年之后，依然一片荒芜，形如鬼城，夜晚竟然有老虎豹子进城溜达，令人触目惊心，不寒而栗。《糯扎渡》中的糯扎渡口，空寂无人，想要喊人过渡，居然需要连开几枪，才有人过来招呼。《花酒》中，今日的澜沧县城，比一个大点的乡村都不如，仅仅五六十家茅草房攒聚在山半坡上，藏在两山之间的夹缝里。这样的荒芜，当然是因为当时的普洱大地瘴疠流行，发生了可怕的天灾，而在马子华先生笔下，和天灾一样可怕的还有人祸。由于政治腐败，我们看到，思茅的地方官员竟敢置无数人的性命于不顾，把美国人空运来的救命药品据为己有，天良丧尽地闷声发财；糯扎渡口的拉祜人，基本的生存本已极其困难，还要忍受官府的沉重赋税和官员、军队的肆意抢劫和奴役。天灾与人祸的交相肆虐，让1944年冬的普洱大地满目疮痍，一片凄凉。

马子华先生还目击了那年冬天普洱大地令人心悸的美。无论是“在两山雄峙的峡谷之间，俯瞰百丈以下，澜沧江像一条蓝丝带般地横系在当中，她也像一个美丽的妇人，穿着一件蓝色的晚装，屈曲着苗条的腰肢横躺在两山之间。一派夕阳，就像她鬓边的花朵，几丛密林就是她蓬松的长发”的澜沧江，还是佛房劝酒的张太太，普洱大地的景物和人民，都不乏一种处女般令人心悸的美丽。可惜的是，就像那位被汉人丈夫抛弃的张太太一样，作为中国的边疆，普洱大地就像被什么人奸污了，让作家“心头涌起来无可言状的仇恨。我想杀人，我想放火！”

然而，当时的中国大地，满目凄凉的又岂止一个普洱大地？追究她当时如此凄凉的原因，又岂是三言两语所能道尽？所以，作家的怒火也无处可发。作为一介文人，马子华先生的心情和当时中国任何一位有正义感的作家一样，最多只能做到像鲁迅先生一样在夜深人静的时候“荷戟独彷徨”，那些所谓的敌人，其实只是一大片无所不在的阴影，是没有形体的。

1944 年冬天，马子华先生作为云南省禁烟委员会的委员，到滇南考察禁烟事务，盘桓达8个月之久，离开后，于1946年创作出版了《滇

长卷国画《普洱府秋集图》局部　陈启富

南散记》。这些文章，以散文的名义、小说的手法写下了滇南的一个又一个故事。但其实，这些文章还是纪实散文，因为它们虽然用了小说的笔法，但其中的每一件事，都是亲眼所见，绝无虚构。马子华先生作为云南老一辈的著名作家，一生创作盛丰，留下许多专著，但到今日，他最为人传颂的作品，就是《滇南散记》这个小册子。因为这个小册子，目击和记录了1944年冬天，滇南大地比寒冷的天气还要寒冷一百倍的人世的苍凉。这苍凉中有滇南大地，其中也有普洱大地令人心悸的美丽，也有马子华先生对这种美丽的深深热爱和对这种被戕害的美丽的深沉愤慨。那年的冬天虽然苍凉，但马子华先生的心是热的。而这，也是我们今日读到他的这些老文字时依然会为之感动的原因。

佤族妇女素描。选自亨利·奥尔良《云南游记——从东京湾到印度》。

那些业已消逝 而又从未消逝的

边地往事和时光

穿透历史的尘埃

温暖和照亮我们的内心……